COPY　猟奇犯罪捜査班・藤堂比奈子

内藤　了

角川ホラー文庫
20796

目次

【主な登場人物】

藤堂比奈子《とうどうひなこ》　八王子西署刑事組織犯罪対策課の駆け出し刑事。長野出身。
厚田巖夫《あつたいわお》　比奈子の上司の警部補。通称〝ガンさん〟。
倉島圭一郎《くらしまけいいちろう》　比奈子の先輩のイケメン刑事。恋人の名は忍《しのぶ》。
片岡啓造《かたおかけいぞう》　比奈子の先輩のベテラン強面《こわもて》刑事。
清水良信《しみずりようしん》　比奈子の先輩の超地味刑事。実家がお寺。
御子柴《みこしば》　秀《すぐる》　厚田班に配属されたばかりの新人刑事。
三木《みき》　健《つよし》　八王子西署のオタク鑑識官。
月岡真紀《つきおかまき》　八王子西署の新人鑑識官。

東海林恭久《しょうじやすひさ》　警視庁捜査一課の体育会系刑事。比奈子の先輩だった。

石上妙子《いしがみたえこ》　東大法医学部教授。検死官。通称〝死神女史〟。

中島《なかじま》　保《たもつ》　天才的なプロファイラー。通称〝野比《のび》先生〟。ある事件で囚《とら》われの身となる。

児玉永久《こだまとわ》　連続殺人犯の少年。心理矯正目的で中島保に預けられている。

プロローグ

深夜二時。

石上妙子《いしがみたえこ》は椅子の背もたれに体を預けてメガネを外し、髪を掻《か》き上げて目頭を揉《も》んだ。東京大学法医学研究室にある彼女のラボは、昼でもブラインドを下ろしているので夜だから特別暗いというわけでもないが、しんと静まりかえった建物にパソコンモニターのブルーライトが相まって、真夜中特有の暗さと寂しさを感じさせる。

大学教授で法医学者の石上妙子は、警視庁で『死神女史』と呼ばれている。猟奇遺体に目がない変人検死官だという噂のせいで、ここ数年は常軌を逸した猟奇事件ばかりに関わって、報告書ひとつまとめるのにも多くの時間を要してきた。司法解剖と学生の指導と会議の合間を縫って研究論文も書かねばならず、一日が二十四時間ではまったく足りない。

「仕方がないよ」

スリープしたモニターに自分の顔が映り込む。疲れて冴《さ》えない初老の女に、死神女史は言葉をかけた。

「記録を残しておかないと。いつまでもずっと、ここにいられるわけじゃないんだからさ」

法医学を学び始めた頃は、両角《もろずみ》という教授に師事していた。彼は法医学実務の権威で、死体現象を様々な角度から検証することに執着した名物教授であった。博士号をとったお祝いに母親がくれた濃紺のネクタイをずっと大切にしていて、そんなところを含め、飄々《ひょうひょう》とした人柄を彼女は慕った。

つい先日、両角教授の訃報《ふほう》が届き、そしてしみじみ思ったのだ。

遺志を継ぐ者を育てないと。持てる知識はすべて後続の者に託して、彼らがその先へ進めるように準備をしておかないと。

「声なき遺体の声を聞き、生ある者にそれを伝えよ……か」

ことあるごとに恩師が語った口癖を、静かに、祈るように呟《つぶや》いてから、死神女史はメガネを掛けてパソコンのスリープを解除した。

明かりが点《つ》いたモニターに、資料画像が浮かび上がる。変色した皮膚、変形した骨、ホルマリンに漬《つ》けられた少女の顔。普通の人間なら目を背けたくなるような画像であって、女史には命そのものだ。これらから死者の言葉を細大漏らさず聞き取って、然《しか》るべき相手に伝えるのが検死官の仕事であり、その仕事のエキスパートを育てることが大学教授の使命なのだ。身を乗り出してキーボードに手を置いたとき、スマホが光って着信音が鳴り出した。

「はい。石上」

ぶっきらぼうに電話に出ると、聞き知った男の声がした。

「夜分遅くに申し訳ありません。警視庁捜査一課強行犯捜査係の東海林《しょうじ》です」

女史は鼻から息を吸い、椅子の上で背筋を伸ばした。

「木偶《でく》の坊かい？　こんな時間に何の用？」

木偶の坊と呼ばれても、相手はまったく平気な声で、

「先生、今、どこっすか？」と、聞いてきた。

「ラボだよ。あたしのラボ。論文やってて忙しいんだけどね」

言いながらも、死神女史は立ち上がってブラインドを動かした。ブラインドの裏は細長い窓で、真っ黒になった学舎の上を雲が流れていくのが見える。

「コロシです。三十分でお迎えに上がりますから、検視に来て頂けませんか」

女史は髪を掻き上げて溜息《ためいき》を吐《つ》いた。

東海林恭久《やすひさ》は、未《いま》だ非公式である猟奇犯罪捜査班の一員だ。この春八王子西署から警視庁捜査一課へ異動して、八王子西署に本拠を置く猟奇犯罪捜査班と警視庁本部のパイプ役になっている。警視庁捜査一課の管理官は東大の後輩田中克治《たなかかつじ》だから、彼が川本《かわもと》課長と相談して東海林に電話をさせたのだろう。

「とんでもない現場なのかい？　あたしに電話してきたのはさ、つまりそういうことなんだろう？」

ほんのわずかに間を置いて、

「とんでもないなんてもんじゃないっすよ……だって、心臓が……」

と、東海林は言った。

「つか、マジひっでえ現場なんで。さすがの猟奇犯罪捜査班も、なんつか、こう……キモチワルっ」

「なんだいそれは。まったく状況がわからないんだけど。心臓が、なんだって？」

電話の向こうですすり泣くような音がする。本当に泣いているのではなくて、東海林が呼吸を整えているのだ。

（へえ。木偶の坊でも吐きそうになる現場なのかい）

と、死神女史は心で思った。

「被害者は成人男性三名で、それが、血で描いた円の中に……放射状に並べられているんすよ。それぞれ頭を中心に向けて」

「えっ」

「そんで、たぶん心臓が……」

「刳《く》り抜かれて円の中央にある？」

「そそ。てか、え？　なんでそれを」

死神女史はブラインドを閉じた。

「厚田《あつた》警部補に電話して、すぐ現場へ来て貰《もら》っておくれ。それからあんたは、とっとと迎えに来ること。準備して、二十五分後には下にいるから」

「それはいいっすけど、なんでガンさ……」

猟奇犯罪捜査班のボス厚田巌夫《いわお》警部補のことを、仲間たちはガンさんと呼ぶ。

「説明は後だよ。早くおし！」

死神女史は電話を切ると、即座にパソコンの電源を落とした。椅子を回して立ち上がり、デスクの前に突っ立ったまま、右手を自分の下腹部に置く。子宮の場所だ。

もう随分と長いあいだ空っぽの場所。それでも確かにあの時は、ぐるぐると体位を変えたり、手足を伸ばしたりする赤ん坊を育《はぐく》んでいた場所。あと二週間もすれば対面できるはずだった。あの事件さえなかったら。あの現場に怒りを覚えて、何が何でも犯人を捕まえてみせると意気込まなかったら。

決して忘れたことのない過去が、忌まわしい想いと共に蘇《よみがえ》る。

「魔法円……」

死神女史は目を瞑《つぶ》り、それから細い目をカッと開くと、踵《きびす》を返して書棚へ向かった。

約三十年前。殺人罪には時効があった。当時はノートパソコンなんてものはなく、だから検視調書も死体検案書も、書面に手書きで残していた。必要ならばコピーを取った。書面に効力を与えるためには、然るべき人物の複数の押印が必要だった。

あれはそんな時代のことだった。

書棚には古いファイルが並んでいる。扉を開けて背表紙を指でなぞると、一冊を引き出した。分厚いファイルを腕に抱き、死神女史は深呼吸する。

今でさえ、ファイルを開く時は覚悟が必要だ。凄惨《せいさん》な事件現場や惨《むご》たらしい遺体はその後も夥《おびただ》しく見てきたが、あの現場ほど胸くそ悪くなったことはない。少なくとも、最近までは。

なぜなら、そこにあったのは殺人の痕跡《こんせき》だけではなくて、犯人の底知れぬ狂気と悦楽と、生命に対する冒瀆《ぼうとく》の限りだったのだから。

六月の末だというのに、足下から微《かす》かな震えが這《は》い上がる。あの事件が自分に与えたものと、奪ったもの。その両方を思い出す。震えはやがて上半身に至り、ファイルを抱く手が戦慄《わなな》いた。

「ちっ」

自分に舌打ちして挑むようにファイルを開けると、一番見たくないページが開いてしまった。無理もない。当時のファイルには生の写真が貼られているから、そこだけページが広がって、現場の地獄さながらの様相が剝《む》き出しになったのだ。同時に古い記憶が身体的な感覚を伴って一気に蘇ってきた。甘ったるい血液の腐臭と吐瀉《としゃ》物の臭い。内臓と肉が溶ける臭い。けたたましい羽音と、顔に突き刺さってくる蠅の痛み。背中にキリキリ食い込んでくるのは、捜査官らがこの場に踏み留《とど》まろうと闘う気配だ。

間もなく産休に入ろうという頃だった。石上君が休みを取ればぼくが忙しくなるからと、両角教授は三日間の休みをとって、奥様と旅行に出掛けていた。法医学教室は比較的平和で、個人的には、たどたどしくも微笑ましい新婚生活が続いていた。夫は厚田警部補だった。

幾重もの痛みが死神女史の胸にはまだ残っていて、膵臓《すいぞう》のあたりからこみ上げて来るものがある。あの日、大学に一本の電話が入った。警視庁から両角教授に検視依頼が来たのだった。

——教授はご旅行中です。検視ならばわたくしが——

「まったく……」

死神女史は溜息を吐いた。

あんな現場とは知らなかったのだから、仕方がない。誰かが検視を担当しなければならなかったし、あの時は、産休前のご奉仕をするつもりでいたのだから。

現場は世田谷区《せたがや》の外れの、閑静な住宅街の一角だった。住んでいたのは両親ともに警察官の一家で、幼い子供が二人いた。内部告発で父親のほうが監察対象となっており、無断欠勤を案じた同僚が家を訪れて死体を発見したのだという。

現場へ向かう車の中でその話を聞いたときは、無理心中だろうと思った。不正を暴かれ、追い詰められた父親が、家族を道連れにしたのだろうと。

けれど現場の状況はそうではなかった。家の電源は屋外で切断されて、建物は施錠されていた。強引に侵入した形跡はなく、けれど室内の惨状は、明らかに殺人のそれだった。後に住宅の鍵《かぎ》は側溝に投げ捨てられた状態で見つかった。

死神女史は意を決し、視線を落とす。

開かれたファイルの写真は、弧を描いて飛び散った血液のものだ。噴水のように噴き出して、壁や天井を汚している。家事室や幼い姉弟《きょうだい》の部屋も同様だった。廊下に残る血の筋は遺体を引きずって移動した跡で、ごっそり抜け落ちた髪の毛は、そこを摑《つか》んで引いて行ったことを示していた。遺体を蹴《け》り落とした階段の跡。家具を乱雑に端へ寄せ、リビングに空間が作られていた。

死神女史はページをめくった。

フローリングの床には円があった。被害者の血液で描かれていて、検査の結果、家族四人の血を混ぜたものだと判明した。犯人は被害者の頸動脈《けいどうみゃく》から溢《あふ》れ出る血を容器にとって、その血で円を描いたのだ。

四人は四方向から頭を中央に向けて、仰向《あおむ》けに寝かされていた。着衣ごと胸が切り裂かれ、折れた肋骨《ろっこつ》の奥から取り出された心臓が、円の中心に盛られていた。

「クソ野郎……」

死神女史は悪態を吐《つ》いた。肋骨を折るために用いられたのは被害者が使用していた鉄アレイで、そのためリビングの天井に、血と肉片、骨の破片がこびり付いていた。

一番我慢できなかったのは、子供たちの顔が恐怖に引き攣《つ》っていたことだ。犯人は最初に父親を。次に母親を。それから怯《おび》える二人の子供を手にかけたのだ。強敵から襲うのがセオリーだとしても、あまりに惨い。今、写真を見てすらも、怒りとおぞましさに震えが起きる。そして何より辛《つら》いのは、この事件が未解決である点だった。

お腹に命を宿していたから、余計に犯人が許せなかった。両目を開いて死んだ子がお腹の命と重なった。怒りは炎のように燃えて、燃えて……。

パタンとファイルを閉じて、棚に戻した。女史は検視用の鞄《かばん》をデスクに載せると、中を確認してからメガネを拭《ふ》いた。スマホの電池残量を見てポケットに入れ、鞄を持って部屋を出る。施錠して廊下を歩いているとき、

「間もなく着きます」

と、東海林からメールが入った。

廊下の窓が鏡になって、自分の姿を映し出す。白髪が随分目立つようになっていた。つい昨日の事件のように思うのに、老いた自分の姿はどうだ。

「神様だよ」

と、死神女史は、窓ガラスの自分に言った。

「神様がチャンスをくれたんだ。今度こそは逃がさない。あんたが誰であろうとね」

窓ガラスの下方が光って、真っ暗なキャンパスに車のライトが兆す。

たった独りでエレベーターに乗りながら、死神女史は考えていた。木偶《でく》の坊は独りで来るだろうか。この事件には続きがあって、十二年前の冬にも同様の事件が起きていたことを、どのタイミングで伝えるのがいいだろうか。もしくは厚田警部補が来るのを待って、彼の手腕に任せるべきか。それにつけても、警部補と打ち合わせておく必要がある。

「仕方がないねえ」

死神女史はそう言うと、スマホを出して、八王子西署刑事組織犯罪対策課の藤堂比《とうどうひ》奈子《なこ》に電話した。彼女こそ、歩く猟奇犯罪者ホイホイと称されるスゴ腕の女刑事であるからだった。

深夜二時三十分。藤堂比奈子は夢の中で電話を取った。

「……もし……もー……し……」

大好物の太鼓焼きに、今しもかぶりつく寸前だった。八十歳過ぎの絹《きぬ》おばあちゃんが焼く太鼓焼きは、小豆《あずき》と野菜の二種類あって、胃袋がほっとする味なのだ。

せめてひとくち。そう思う自分が夢の中で太鼓焼きを半分に割って、香ばしい皮と野菜あんを口の前に持って来る。フウフウ吹いて冷まそうと唇を尖《とが》らせていると、

「あたしだけどさ。寝てたかい？」

その声に、比奈子はたちまち覚醒《かくせい》した。

「あ、はい。寝てました。なんですか？　事件ですか？」

ガバリと跳ね起き、手の甲で口を拭《ぬぐ》う。太鼓焼きは夢のように消えていた。

「それは悪かったね。今夜は当番じゃなかったのかい？」

「当番は御子柴《みこしば》君で……」

比奈子はゴシゴシ目をこすり、布団の上に正座した。

「……それより、何かあったんですね？」

「そうか、当番じゃなかったか」

死神女史は残念そうに呟《つぶや》いた。

「ってことは、アパートにいるんだね？」

それで比奈子も気が付いた。

「ガンさんに御用だったんですか？」

元夫婦の死神女史とガンさんは、なぜか比奈子を仲介にして話をする。互いに直接電話し合うのは稀《まれ》なのだ。

「ご明察。あたしはこれから木偶の坊と現場へ向かうけど、厚田警部補にも来てもらおうと思ってさ」

「なら、私から電話しておきますか？」

「や。いい。木偶の坊に、厚田警部補を呼んで欲しいと言ってあるから」

ならば自分に電話してくる必要はないではないか。比奈子は部屋の時計を見上げて、

「東海林先輩が行くってことは、警視庁本部の事件ですか？　ガンさんが現場へ着く前に下話があるんですね？」

と、女史に訊《き》いた。

「お嬢ちゃんは、いつからそんなに勘が働くようになったんだろうね。ま、いいや。木偶の坊が来ちゃったからさ、寝て寝て。あと二時間もすれば夜が明ける」

そう言うと、女史は勝手に電話を切った。

「……自分が電話で起こしたくせに……」

すでに眠気も吹き飛んだ比奈子は、じっとスマホを見下ろして、「まったくもう」と呟きながら、ガンさんに電話した。

「厚田だ。藤堂か」

こんな時間だというのに、ガンさんはキビキビした声で電話に出た。今夜はガンさんも非番だというのに、声に緊迫感が混じっている。

「はい。たった今死神女史から電話があって」

「先生が？　なんだって？」

そこは自分で電話をして、ですね。そう思いながら比奈子は言った。

「ガンさんがそばにいると思ったみたいです。今夜は当番じゃないのかと、残念そうでしたから」

「なんだかなあ」

ガンさんはため息をついた。

「そちらへも連絡が行ってますよね？　捜一《そういち》の東海林先輩に呼ばれたと死神女史が」

「連絡は来たが、さっぱりわからん。とりあえず、現場に向かってはいるんだが」

たぶんタクシーの中なのだろう。

「現場はどこですか？」

「日本橋《にほんばし》だ。再開発区域だそうだ」

ガンさんは、

「仕方ない、俺から先生に電話してみるか」

と告げて電話を切った。比奈子は独り布団の上に残された。

起きるには早すぎて、眠り直すには目が覚めすぎた。明かりも点《つ》けずにトイレに行って、廊下を寝室へ戻るとき、ふと、足下に保《たもつ》のコートが置かれた光景を思い出した。狭い廊下に彼のコートが置かれたのは、ただ一度。すでに三年近くも前のことだ。それなのに、比奈子は今もはっきり思い出せる。

中島《なかじま》保と出会ったのは、猟奇的な連続殺人事件を追いかけている時だった。

その秋、比奈子は八王子西署刑事組織犯罪対策課に配属されてきたばかりの新米刑事で、秋川渓谷《あきがわけいこく》沿いの一軒家で起きた不審死事件を追っていた。そして聞き込みの最中に、法務技官を目指して勉強中だった中島保と知り合ったのだ。犯罪者の心理について相談を重ねるうちに互いに強く惹《ひ》かれ合い、この廊下にコートを置いたまま、リビングで愛し合った。

廊下の冷たさを裸足《はだし》に感じてリビングへ入ったが、もちろんそこに保はいない。忙しい日々に追われて散らかり放題の室内が、月明かりに浮かんでいるだけだ。照明をつけて直視してみれば、目を覆うばかりの惨状である。

これじゃ野比《のび》先生に嫌われちゃうな。

まんまるメガネの保のことを、比奈子は野比先生と呼んでいる。語源はもちろん、彼が『ドラえもん』の『のび太』に似ているからだ。

あの時は赴任してきたばかりで、リビングにあるのはテーブルと座布団と、小さなチェストだけだった。だからここに野比先生を休ませて、毛布を掛けてあげることができた。その時の毛布は今も大切に使っている。そうして時々、切なさで泣きそうになったりもする。

「うわぁーっ、もうっ」

真夜中のリビングで、比奈子は独り気を吐いた。悔やんでも、悲しくても、悔しくても、どうやっても過去は変えられない。でも、未来なら……

比奈子は「よし！」と、腕まくりして、手当たり次第に片付け始めた。

死んでしまった母親や、殺されてしまった友人や、救えなかった被害者たちや、失った大先輩……刑事になって知り合った多くの人々を思い出しながら、本を積み上げ、雑巾《ぞうきん》を掛け、テーブルを拭《ふ》いて、クッションカバーを掛け替えた。勢いに乗ってキッチンのシンクまで磨き、トイレも風呂場《ふろば》も掃除して、汗だくの体をユニットバスに沈めていると、夜は白々と明けてきた。

第一章　ウエディングベル

それからわずか二日後の六月下旬大安吉日。

八王子市郊外の小洒落《こじゃれ》た結婚式場へ、比奈子は一張羅のワンピース姿でやって来た。刑事として走り回っているうちに、いくらかサイズダウンしたようで、買った時はきつかった桜色のワンピースが少しだけ緩くなっている。履き慣れないヒールは踵《かかと》が痛くて、ストッキングの下にこっそりテープを貼ってきた。

エントランスをロビーへ向かうと、コンシェルジュを従えた鑑識官の月岡真紀《つきおかまき》が受付カウンターに立っていた。いつも制服姿の彼女も今日はフォーマルウエアだが、もともと背が高くて美人だから、モデルさんのように見栄えがする。

「真紀ちゃん、お疲れ様です」

ねぎらいながらご祝儀を出すと、真紀は口角を上げて微笑んだ。

「藤堂先輩こそ。今日はとってもチャーミングですね」

「お世辞ばっかり」

名簿に名前を書き込む間、真紀は長いため息をつく。

「あーあ……ついに、ついに……三木《みき》先輩も本物のダーリンになっちゃうんですね。彼女いない歴を永遠に更新して欲しかったのに」

真紀が残念がるように、今日は八王子西署の鑑識官、三木健《つよし》と、萌《も》オさまカフェの店長、西園寺《さいおんじ》麗華《れいか》嬢の結婚披露宴なのだった。二人が結婚を決めたのは昨年のクリスマスイブで、直後に凶悪事件が発生して、比奈子らはてんてこ舞いになったのだ。

受付テーブルにペンを置き、比奈子は真紀に「めっ」と言った。

「おめでたい日にそういうことを言わないの。三木捜査官と麗華さんは、間違いなく、今世紀最強のカップルよ」

「わかってるからこそ敗北感が半端ないんじゃないですか。さっき様子を見に行ったんですけど、三木先輩ってば金モール付きの礼服ですよ？　オタクのくせにめちゃくちゃかっこよかったです。麗華さんのほうはレースで体が三倍くらいに膨らんで、迫力が半端なかったです。でも、ずっと泣いているからメイクさんが可哀想でした。なのにすっごく幸せそうで……幸せな人って、どうしてあんなにきれいなんでしょ」

真紀はまたもやため息をついて、

「いいなぁ……私も誰かいい人見つけちゃおっかな」

と、呟《つぶや》いた。

「それじゃ俺なんかどうでしょね？」

頭の上から声がしたので見上げると、スーツ姿の東海林が後ろに来ていた。

「藤堂、おひさ」

ニマニマしながら比奈子を見下ろす。

「やっぱり間に合ってます」

真紀に軽くいなされて、

「馬子にも衣装ってホントだな。ワンピース姿の藤堂、新鮮」

東海林はターゲットを比奈子に変えた。けれど比奈子は反応もせず、

「東海林先輩、ちょうどよかった」

と、東海林の腕を摑《つか》んで受付の列を離脱した。そのままロビーの隅まで引っ張って行くと、つま先立ちになってこっそり訊《たず》ねる。

「先日のコロシはどうなったんですか？」

「なんのこと？」

東海林はとぼけて耳の穴に指を突っ込んだ。

「死神女史とガンさんを招喚した件ですよ。ガンさん、何も教えてくれないんです。警視庁の情報共有サイトにもそれらしい事件は上がってないし。でも、尋常じゃないですよね？　女史とガンさんが呼ばれたんだから」

「あー」

東海林は目をシバシバさせて、指先のカスを吹き飛ばした。

「まあ、あれだ。めでたい日に話す内容ではないと思われ」

「猟奇事件なんですか？」

それなら、自分たち猟奇犯罪捜査班になぜ声が掛からないのかと、比奈子は問いたいのだった。かつては厚田班で共に捜査に当たっていた東海林も今や警視庁捜査一課の精鋭だから、所轄に話せないことがあるのはわかる。でも、ガンさんが現場に呼ばれたのに事情を聞かせてもらえないなんて、初めてのことなのだ。

「藤堂さ……」

東海林は眉間《みけん》に縦皺《たてじわ》を刻んで、目を閉じてから、

「とりあえず、先に受付させてくれや」

と、ご祝儀袋を見せて笑った。

「三木さんに式を挙げさせてやらないと。ゴリラな嫁さんにぶっ飛ばされちゃうぞ」

言うが早いか、東海林はサッサと逃げていく。

比奈子は「もう」と、ため息をついた。

東海林の言葉には一理ある。なぜといって猟奇犯罪捜査班は、つい最近も大きな事件をひとつ解決に導いたばかりだったのだ。事件はその壮絶さから報道規制が敷かれ、深く報道されることはなかったが、新生児や乳幼児に対する遺伝子組み換え連続殺人というショッキングなものだった。

凶悪事件はいつ起きるとも限らないし、精神と肉体を疲弊させながら捜査に当たる警察官に明日の保証などはない。だからこそ、三木が結婚を決めたことが比奈子たちは嬉《うれ》しかったし、二人に幸福な家庭を築いて欲しいと願っている。

三木さんに結婚式を挙げさせてやらないと。

つまりはそういうことなのだ。先般の事件の経緯から類推するに、今後はさらに事件の全容解明が求められて忙しくなるはずで、だからこそ、これが式を挙げる最後のチャンスかもしれないと、東海林はそう言ったのだろう。

三木捜査官と麗華さんが穏やかで幸せな新婚生活をスタートできますように。長い受付の列を眺めて、比奈子は唇を噛《か》みしめた。

先の事件は背景が複雑に絡み合っていて、テロ組織の影までちらついていた。彼らがすでに警察組織に侵入している可能性、中島保が匿《かくま》われている日本精神・神経医療研究センターにも魔手が伸びている可能性まで懸念され、彼らが保を狙っていたという情報を知るに至って、比奈子はジリジリと追い詰められているのだった。

それなのに、目の前の光景の、なんと長閑《のどか》であることか。

参列者には萌オさまカフェの関係者らしきコスプレイヤーたちが交じっていて、翼や羽根や刀などを背負って受付の列に並んでいる。互いに撮影し合う様子は、なんだかコミケにいるようだ。

「藤堂比奈子刑事さん？」

誰かに呼ばれて顔を上げると、頭に翼を生やした長髪の美女が立っていた。

「ご無沙汰《ぶさた》しています」

コスプレメイクの奥の瞳《ひとみ》に、比奈子は彼女を思い出す。

「もしかして……佐々木亜希《ささきあき》さん？」

露出の多い衣装の美女は、妖艶《ようえん》に微笑んだ。

「佐々木亜希は死にました。生まれ変わって、今は伊集院綺羅燐《いじゅういんきらりん》です」

約二年前、佐々木亜希は自分を疎んで自殺願望に支配され、自殺企図ドナーになることを願っていた。けれども今の彼女には、あの頃の影は微塵《みじん》もない。

「店長の花嫁姿、もうご覧になりました？」

亜希は頭に生えた翼を揺らして控え室の方へ頭を振った。

「ううん、まだなの。泣いてばかりでメイクさんが困っているとは聞いたけど」

「よっぽど嬉しいんだと思う。ここ三日くらい興奮で眠れないって言っていたから。でも、すっごーく、きれいですよ？　もう本当に。で、ダンナのオタク警察官だけど、結婚して、もしも『あたしたちの麗華様』を泣かせるようなことがあったら、鬼女《キジョ》の恐ろしさをとことん思い知らせてやるつもりでいるんです。本心ですから」

そう言って笑いながら、亜希は比奈子に真っ直ぐ体を向けた。

「いつか藤堂さんにお礼を言わなきゃって思っていました。あの時、私を助けてくれてありがとう。藤堂さんみたいに、愛されキャラで純粋で、ほわわーんとしている人のこと、私はずっと嫌いだったけど、今も大嫌いですけれど、あの時助けてもらっていなかったなら、何もかも憎み続けてあの世へ行っていたんだなって思う。自分のことも憎み続けていただろうって。そうならなくて本当によかった」

亜希は深々と頭を下げた。

「いえ、そんな」

衣装から覗《のぞ》く白い背中や長い脚に照れながら、比奈子もあわあわとお辞儀を返す。

本当の意味で彼女を救ったのは麗華で、萌《も》オさまカフェという居場所を与えた。今や伊集院綺羅燐に生まれ変わった佐々木亜希は、たくさんのファンを持つカリスマメイドなのだそうだ。

「それじゃまた」

亜希は背中を向けて、また振り向いて、

「藤堂刑事は死んだりしないでくださいよ？」

と、唐突に言った。

「怖い事件ばっかり起きるから……私たち、店長やそのダーリンと同じくらいに、藤堂刑事のチームを見守っていますから。私の自殺を止めた人が、私より先に逝ってしまうのはナシですよ？」

「ありがとう……」

答えながら、比奈子は心臓の裏側に亀裂《きれつ》が入ったような気持ちがした。亜希の言葉が現実味を持って、不安な気持ちに響いて来たのだ。

いけない、いけない、今日はおめでたい日なんだから。

そう思ってまたロビーを見渡す。結婚式には死神女史も呼ばれているのに、来ていない。ガンさんの姿も見えない。署に残ったのは片岡《かたおか》と御子柴で、存在感の薄い清水《しみず》はどこにいるのかわからない。

ぞろぞろとエントランスを入って来たのは署長と鑑識課長だ。後から広報課長もやって来た。どのタイミングで挨拶《あいさつ》すべきか考えていると、今度は同じ厚田班の倉島《くらしま》に肩を叩《たた》かれた。女性ファンの多いイケメン刑事は、髪をオールバックに整えている。

「藤堂刑事、お疲れ様。今日はチャーミングですね」

スタイリッシュなメガネの奥で目を細め、倉島は白い歯を見せた。高価なコロンを香らせて、まるで新郎モデルのようである。

「さっき話していたワルキューレは、誰でしたっけ？」

「佐々木亜希さんです。麗華さんのお店のカリスマメイドさん」

「佐々木亜希って、自殺志願者だった？」

「はい。見違えるほど元気になって、よかったなって」

倉島は改めて亜希に目をやり、メガネを直した。

「そうですね……本当によかった」

その言い方があまりにも優しげだったので、比奈子はなぜか切なくなった。

殺人捜査に関わる刑事は、多くの場合死亡してから被害者を知る。その前に救いたくてもできないことが多いのだ。

間もなく開宴のアナウンスが流れ、比奈子は倉島と連れ立って、結婚式が執り行われる教会の前庭へ移動した。

「あっ、刑事のお姉ちゃん！　こっち、こっち」

ウエルカムドリンクが用意された前庭には、子供たちが集まっていた。比奈子を呼んだのは自称少年探偵団のリーダー遥人《はると》で、太鼓屋さんの子供である。管轄区内の片隅で、絹おばあちゃんがたった独りで始めた太鼓屋は、養子縁組で娘になった遥人の母が二代目を引き継いでいるのだった。

「比奈子さん。お久しぶりです」

遥人の母は比奈子と同い年のシングルマザーで、佐和《さわ》という。

「わあ佐和さん。それに少年探偵団のみんなも、久しぶり」

比奈子がたちまち子供らに囲まれてしまったので、倉島はそっと離れていった。出会った頃は小学一年生だった子供らも、随分と背が伸びて、顔つきがしっかりしてきている。

「元気だった？　みんな、いくつになったの？」

「四年生。今年は二分の一成人式」

太っちょのケイタがVサインする。二分の一成人式は十歳のお祝いに学校で行うセレモニーのことだ。ケイタはお仕着せのスーツに蝶《ちょう》ネクタイで決めているが、早くもウエルカムドリンクをこぼしたらしく、シャツにシミができている。

「なあなあ、姉ちゃん。彼氏を乗り換えちゃったのか?」

ケイタは倉島の背中を見ながら、生意気そうにニヤニヤ笑った。

「でっかい兄ちゃんからメガネのイケメンにしちゃったの? オレ、でっかい兄ちゃんのほうが好きだったのになあ」

それが東海林と倉島のことだと気が付いて、比奈子は手を左右に振った。

「違う違う。どっちも彼氏じゃないからね。二人とも同僚で、つまりお仕事の仲間なのよ」

「どっちか彼氏にしてしまえばいいのに。いつまでも若くないよ? 私たち」

シャンパングラスを手渡しながら、佐和も比奈子に笑いかけてくる。

「佐和さんまで、やめてよ。私まだまだ駆け出しで、そんな場合じゃないんだし」

実は他に好きな人がいるとも言えず、

「それより今日は、絹さんは?」

比奈子は必死に話題を逸《そ》らす。

「絹ばあちゃんはお留守番だよ。長く座っていると腰が痛いんだって。ぼくがたくさん写真を撮って、見せてあげることになっているんだよ」

わずかの間に大人びた仕草で、遥人が自撮り棒を高く掲げる。

「一枚撮るから並んで並んで。ケイタ、胸にジュースのシミがついてるぞ」

「わ、やべ！」

女の子たちがくすくす笑い、比奈子は佐和らと写真を撮った。三木が遥人たちのことを気に掛けて、結婚式に招待していたことが嬉《うれ》しかった。中庭には燦々《さんさん》と光が注ぎ、教会の塔の上に青空が広がっている。笑顔で写真に収まりながら、この幸せが等しく人々の上にあればいいのにと比奈子は思う。等しくすべての人々の上に。もちろん中島保の上にも、そして、遥人とひとつしか違わない永久《とわ》という少年の上にも。


やがて、教会の参列席に座る比奈子らの前に、新郎新婦が現れた。三木は警察官が式服として着る礼服を白であつらえ、金モールで飾った上に警帽を胸に抱いている。ぱっつり切り揃えたおかっぱ頭。やや突き出たお腹と胡乱《うろん》な目つきはそのままに、それでも祭壇の前に立つ三木は、凜《りん》として格好良かった。

父親にエスコートされて登場した花嫁は、西園寺麗華ではなく、本名の庄田政子《しょうだまさこ》と紹介されたが、バージンロードを進む姿は紛れもなく『西園寺麗華様』だった。巨体を包むドビラビラのレースのせいでプロポーションはいつもの三倍近くに膨れていたが、それが圧倒的な存在感を醸し出している。瞳《ひとみ》を伏せてしずしず歩くと微《かす》かに風が起きるほどで、ステンドグラスの厳かな光を一身に浴びて、巨大な花が行くようだ。

麗華のウエディングドレス姿を見るだけで、比奈子は胸が熱くなる。思い出すのは親友だった仁美《ひとみ》のことだ。とある事件で殺害されてしまったが、比奈子はずっと、人生で最初に呼ばれる結婚式は仁美のものだと信じていた。

透き通る賛美歌に心を揺さぶられて、比奈子はいつしか涙する。

「ばーか……鼻水拭《ふ》けって。なに泣いてんだ」

横からハンカチが出てきたのでそちらを見ると、東海林はもっと泣いていた。

ハンカチにはすでに鼻水を拭いた跡があり、比奈子は自分のハンカチを出して、化粧が落ちないよう気をつけながら、目尻《めじり》と鼻を優しく拭《ぬぐ》った。

警察官は涙もろい。悲惨な現場を数多く踏んできた人ほど、こんなシーンには泣けてくる。失われるのではなく生み出す場面に遭遇するとき、退屈な日常がどれほど尊いか思い知るのだ。その主人公が三木であり麗華であれば尚更に、比奈子ら猟奇犯罪捜査班の面々は激しく心が震えてしまう。

神父が結婚の誓いを促して、証《あかし》の口づけを求めると、三木は麗華のベールをあげて、右の頰に、左の頰に、そしておでこにキスをした。三つのキスは温かく愛に溢《あふ》れて、麗華の胸のときめきが参列者の胸にも深く響いた。

祭壇に注ぐ柔らかな光に照らされながら、二人は指輪を交換し、揃って参列者にお辞儀した。祝福の拍手は温かく、その場にいた誰も彼もが二人の温かな未来を信じ、二人の愛を分け与えられた。

そんな素晴らしいセレモニーだった。

披露宴が始まる少し前になって、ようやくガンさんと死神女史が会場へやって来た。比奈子らより上座に当たる席に二人は着いたが、ともに消しきれない緊迫感を漂わせている。ガンさんは白ネクタイを結びながら入って来たし、死神女史は手櫛《てぐし》で髪を整えている。二人は同時に席に着き、同時にテーブルの水を飲んだ。

「あー。元夫婦って事実は隠しきれないものだねえ。行動が鏡のようだ」

椅子の背もたれに体を預けて、リラックスしながら清水が笑う。

「二人とも難しい顔をしていますね。何かあったんでしょうか」

倉島が声を潜めると、東海林までが水を飲んだので、比奈子は胸がざわついた。じっと見つめ続けていると、ガンさんが振り向いた。申し訳程度に微笑む顔は、小鼻の脇に皺《しわ》が寄り、クシャミを堪《こら》えているようだ。

「様子が変ですね。捜一は何か知っているんじゃないの？　東海林、どうなの」

倉島が横目で東海林を睨《にら》んだとき、司会者が披露宴の開始を告げた。照明が落ちて拍手が起こり、新郎新婦が入場してくる。式でベールを被《かぶ》っていた麗華は警帽のヘッドドレス姿に替わり、三木と揃いの金モールがウエディングドレスを飾っている。

「なんつかゴリラな嫁さんは、いっそ清々《すがすが》しいっつーか、天晴《あっぱ》れっすねえ」

倉島の質問など聞こえなかったふうで、大きく拍手しながら東海林が呟《つぶや》く。

互いに頬を染め、参列者に会釈しながら雛壇《ひなだん》へ向かう二人は初々しくて、ほとばしる幸せオーラが会場を笑顔に染めた。間違いなく、世界で一番輝いている。

続くセレモニーも素晴らしかった。

ウエディングケーキとして登場したのは五段に盛られた太鼓焼きで、司会者が、

「この佳《よ》き日に新郎新婦が選んだのは、地元で長年愛されてきた太鼓屋さんの太鼓焼きです。三百三十七個の太鼓焼きは、来賓席におります子供たちが新郎新婦のために力を合わせて焼いたもので、中身は国産小豆《あずき》の粒あんがたっぷり入っています。外側もまた、子供たちが生クリームで飾ってくれました」

とアナウンスすると、少年探偵団が鼻高々で立ち上がり、満場の拍手を浴びた。

「一個だけ七味唐辛子を混ぜといたんだよ。ミッキーおじちゃんには内緒でね」

悪戯《いたずら》っぽい顔で遥人が笑う。ケーキカットの後で太鼓焼きは参列者に配られるから、誰かが大当たりすることだろう。

「カメラをお持ちのお客様は前の方へお進みいただき、この記念すべき瞬間をナイスショットに収めてください。どうぞ、どうぞ」

参列者が席を立つのに便乗して、比奈子らはガンさんと女史の近くへ移動した。

「お疲れ様です」

年上の清水が代表で言う。

「おう、お疲れさん。遅くなって悪かったが、いい結婚式じゃないか」

ガンさんは振り向いて笑った。その表情からはもう、切羽詰まった様子が見えない。

「ケーキの代わりに太鼓焼きとは。やるもんだねえ、我らがオタク鑑識官はさ」

隣で女史も微笑んでいる。

「激辛が一個混じっているようです。子供たちの悪戯で」

倉島がニヒルに言った。口うるさいだけの署長か、副署長の皿に行けばいいと思っているのだろう。視線が署長と副署長に向けられている。

スポットライトに照らされながら、三木と麗華がナイフを入れる。その瞬間、子供たちがメタルテープのクラッカーを炸裂《さくれつ》させたので、会場は見事に沸いた。光りながら舞い落ちる金銀のテープ。フラッシュが瞬き、笑顔が弾《はじ》ける。そうして比奈子の心からも、いつしか不安が遠のいていた。

お色直しはコスプレで、花嫁と花婿が入れ替わっていた。銀河鉄道999のメーテルに化けた三木と、ゴルゴ13に扮《ふん》した麗華が再登場すると、コスプレイヤーたちが新郎新婦を取り囲み、会場は笑いの渦に包まれた。メーテルは三木垂涎《すいぜん》の美女キャラだったが、麗華に出会って美女に対する価値観が変わったのだと、比奈子は以前聞かされたことがある。その意味が今、ようやく理解できたと思った。ゴルゴ13に扮した麗華は、コスプレというより『そのもの』だった。四角い顔と太い眉《まゆ》、ゴツい体にスーツが似合い、コミックから抜け出たような凛々《りり》しさだ。

三木が一目《ひとめ》惚《ぼ》れした理由がそれで、デューク東郷《とうごう》ばりの外見と、それに反する言葉遣いや仕草の美しさにギャップ萌《も》えしたのだと、司会者がエピソードを紹介する。

二次元から抜け出たようなキャラクターたちが会場を回って人々のグラスに飲み物を満たし、お祝いの言葉を受け取って、お礼の言葉を返していく。倉島の呪いか、見事に七味入り太鼓焼きが当たった署長のグラスには特に、メーテルとゴルゴから飲みきれないほどのビールが注がれた。

大盛況のうちに披露宴は進み、キャンドルサービスの準備が整うまでのわずかな間に、ほろ酔い加減の比奈子の隣で、突然東海林が席を立つ。携帯電話が鳴ったようで、東海林は会場を出て行った。振り返ると、ガンさんも胸ポケットを押さえている。お酌に回る清水と倉島に変化はない。比奈子は死神女史を見たが、彼女はガンさんの皿を引き寄せて、二つ目の太鼓焼きを食べていた。

「さて皆様。宴たけなわではございますが……」

しばし後、司会者が着座のアナウンスを始めた時だった。席に戻ってきた倉島と清水の背後から、突然ガンさんが顔を覗《のぞ》かせた。

「悪いが緊急連絡が入った。すぐさま署に戻らなきゃならん。来てくれ」

ガンさんの目が血走っている。出て行った東海林は戻って来ない。

シメのコーヒーを楽しんでいる死神女史には何も告げずに、比奈子も清水と倉島を追って、披露宴会場を抜け出した。

会場の外には、キャンドルを持った三木と麗華がスタンバイしていた。

「三木、悪いが署に戻らなきゃならなくなった」

ガンさんの言葉を聞くと、三木は姿勢を正して、

「わかりました」と、即座に答えた。

「来て頂いて、ありがとうございました」

二人揃って頭を下げる。

「私からもお礼を申し上げますわ。お忙しい中おいで下さって、本当に……」

「麗華さん。すっごく、すっごく素敵でした。花嫁姿もだけど、ゴルゴ13も。三木捜査官のメーテルは、太りすぎで熊みたいだったけど」

急ぎながらも比奈子が言うと、三木はコホンと咳払《せきばら》いした。

「ツメが甘かったのは否めませんな。もっと痩《や》せておくべきでした」

「そんなことはありません。逞《たくま》しくて素敵でしたわ、ダーリン」

「じゃ、ぼくらはこれでね。三木、最高の結婚式だったよ。おめでとう」

清水が言うと、倉島も麗華の手を取って、

「そして最高の花嫁でした。ご招待頂けて光栄でした」と告げて、一礼した。

キャンドルに火が灯《とも》り、会場の扉が開き、スポットライトが二人に当たる。

入れ違いに比奈子らは廊下を駆け出していた。階段を下りてロビーに出ると、東海林がそこで待っていた。

「ガンさんたちは署から現場へ向かうんすよね？　なら、俺はここで待っていて、死神のオバサンを連れて行きます」

「そうか。悪いな」

　ガンさんは足を止め、比奈子らを振り返った。

「清水は呑《の》んでるよな？」

「や。しらふです。今夜が当番勤務なので車も持って来ています」

　ネクタイを外しながら清水が答える。

「自分も飲んでいません。忍《しのぶ》を独りにはできませんからね」

　言いながら階段を下りきった倉島はもう、スーツの上着を脱いでいた。

　忍とは、倉島の愛車であるカワサキのバイクを指している。比奈子はというと、シャンパン以外にビールも飲んでほろ酔いだった。八王子西管内の顔見知りたちに勧められ、断ることができなかったのだ。もとより今日は休暇を取っているのだが、こうなれば同行する他はない。

「なら清水、俺と藤堂を乗せてくれ。倉島はバイクで戻るな？　先に行け」

「わかりました」

　すれ違いざま東海林の肩に手を置くと、倉島は颯爽《さっそう》と駆け出した。

　東海林独りをロビーに残して、比奈子らも駐車場へ駆けていく。今頃は、真紀が代表でキャンドルサービスを見守っていることだろう。このあと三木らは新婚旅行に発《た》つ予定で、十日の休暇を取っている。駐車場で後部座席に乗り込んでから、比奈子はようやくガンさんに訊《たず》ねた。

「いったい何があったんですか？」

胸ポケットからペパーミントガムを取り出すと、一枚咥《くわ》えてガンさんは言った。

「取り壊し予定のビルに遺体だ。現場は八王子の……」

「近いですね」

と、清水。ガンさんは頷《うなず》いた。

「一旦《いったん》署に戻ってから着替えて出るぞ。藤堂も、着替えはあるか」

「あります」

比奈子は即答し、次いで訊ねた。

「ただのご遺体じゃないんですね？」

着替えて出なければならないということは、遺体は腐乱しているのだろう。このまま現場に入ったら、着ている礼服はゴミ箱行きだ。それだけではない。署には片岡も御子柴もいるのだから、遺体が見つかったというだけで厚田班全員と捜査一課の東海林、死神女史まで臨場するのは不自然だ。

清水が車を発進させて、助手席のガンさんは目頭を揉《も》んだ。

「そうだ。ただの遺体じゃない……くそったれめが」

ガンさんは体を起こし、助手席から振り向いた。

いつか見た目の色だった。切羽詰まって、興奮して、それに怒りが混じっている。猟奇犯罪を扱う比奈子らは、犯行にいつも抑えがたい怒りを感じるが、ガンさんの目には怒りだけでなく、やるせなさと哀しみが色濃く表れる。この時は、さらに不安も見えていた。

「遺体は二体。心臓が刳《く》り抜かれているそうだ」

「え……？」「えっ？」

比奈子と清水は同時に言った。

「似たような事件は前にもあった。そっちはさらに酷《ひど》くてな、子供まで犠牲になっている。家族四人が魔法円とかいう円の中に並べられていたんだが」

「なんですか？　まほうえんって」

比奈子は意味がわからなかった。そもそも魔法と猟奇事件がどうつながるのかわからない。そんなオカルトが犯罪に結びつくとしたら恐ろしい。

「魔法円じゃなく魔方陣じゃないですか？　あれ？　二つはどう違うんだろう」

比奈子が訊《き》くと、運転席の清水が顔を上げ、

「ああ、そうか。それってもしや、あの事件のことですか？」

と、ガンさんに訊いた。

「そうだ」

ガンさんは頷いた。清水が説明してくれる。

「音で聞くとわかりにくいよね。でも、魔法円は魔法に使う円のことで、魔方陣は、魔、つまり人を惑わす要素を持った方陣のこと。縦横に並べた数字のさ、どの行を足しても答えが同じになるものを方陣と呼ぶんだよ」

「パズルみたいなものですか？」

「うん。それが魔方陣ね。で、いま藤堂が想像したオカルトが魔法円」

その先をガンさんが引き継いだ。

「世の中には、報道されない事件ってのがあってな」

それは比奈子もわかっている。理由は幾つかあるのだが、すべての事件、すべての真実が白日の下にさらされるわけじゃない。

「センセーショナル過ぎるという理由で報道規制のかかった事件だ。警視庁内部では、魔法円殺人事件と呼ばれている」

「魔法円殺人事件」

「黒魔術で悪魔や死霊を呼び出すときに、招喚者が身を守るために描く結界のことだよ。遺体がその中に置かれていたから、戒名が魔法円殺人事件」

運転席から清水が言う。ガンさんは空を見上げた。

「藤堂が生まれる前の話になるが。当時、俺はまだ指示待ち刑事で……忘れもしねえ、西荒井《にしあらい》警察署から玉川《たまがわ》警察署の組対へ異動したばかりの頃だった」

「どんな事件だったんですか？」

「世田谷区の外れの住宅街で親子四人が殺害された。内部告発で監察対象だった警察官とその家族で、子供二人は小学生と園児だった。四人とも暴行を加えられ、鋭利な刃物で頸動脈《けいどうみゃく》を切断されて、リビングの床に血で描いた円の中に寝かされていた。頭を中央に向けてな」

比奈子は眉間《みけん》に縦皺《たてじわ》を刻んで、小さくうめいた。

「なんでそんなことを」

「それだけじゃねえんだよ。四人とも胸を裂かれて、刳り抜いた心臓が魔法円の中央に盛られていたのさ。くそったれめが」

その凄惨《せいさん》さに、比奈子は目を瞬いた。心臓を取り出すことは容易ではない。なぜならば、肋骨《ろっこつ》に守られているからだ。

「情け容赦のない犯行だった。現場には犯人の悪意と狂気がムンムンしていた。現場はいつも酷いもんだが、あの光景は生涯忘れねえ」

「犯人は？」

「怪しい奴は何人か浮かんだものの、決め手がなかった。犯人は家族四人の血を混ぜて、リビングの床に奇妙な円を描いていた。その道に詳しい学者なんかも当たってみたが、黒魔術の専門的な知識があるということじゃなく、聞きかじりの知識に我流を加えて奇抜さを狙ったものではないかと言われた。最初は、オカルトマニアが四人を生け贄《にえ》に黒魔術の真似事をしたかと思ったんだが、さっき清水が話したとおり、円は呪術師《じゅじゅつし》が身を守るための結界で、悪魔が魔法円から現れるってのは、日本の漫画家が考え出した亜流なんだそうだ。だから魔法円に生け贄を供えることはなく、よって、黒魔術を行うために四人を殺害したともいいがたい」

「じゃ、なんのためにそんな酷いことをしたんですか？」

ガンさんは頭を振って、中島保のことを口にした。

「あの頃にプロファイラーの先生を知ってたら、もっと詳しいことがわかったのかもしれねえが、当時はプロファイリングなんて意識自体がなかったし……俺に犯人の頭の中はわからんよ。悔しいことにこの事件は未解決で、すでに時効を迎えている。当時は殺人事件にも時効があったからな」

殺人事件の時効が廃止されたのは二〇一〇年。時効廃止はこの時点で未完成な殺人事件にも適用されたが、さすがに三十年前の事件では仕方がない。

「だがな、同様の事件は十二年前にもまた起きているんだ」

ガンさんの言葉に、今度は清水が頷いた。清水はベテランだから、そちらの事件は記憶に残っているという。

「発見は板橋区《いたばし》。ぼくは当時、王子署の生活安全課にいてね。応援に借り出されたので覚えているんだ。凄《すさ》まじく酷い事件だったよ」

「やはり殺人事件だったんですか？　魔法円が？」

清水も大きく頷いた。車は間もなく署に到着する。

「その時に初めて、上司から、同じような未解決事件が過去にもあったと聞かされたんだよ」

「板橋区で襲われたのは歯科医院でな。院長、妻、院長の両親。たまたま居合わせたと思《おぼ》しき男性一名が殺された。現場は院長の父親が所有するマンションで、一階が歯科医院、上の階に家族が住んでいた。入電は歯科医院の火事騒ぎ。嵐の晩で、落雷で電線が切れ、それで火が出たと思ったんだが、実際は放火だったんだ。火事なのに院長一家が現場にいなくて、探しに入った消防官が遺体を見つけたと聞いている」

「その家族も心臓を？」

「そうだ」

と、ガンさんは短く言った。

「同一犯の仕業なんですね？」

「捜査に先入観は禁物だ。二つの事件は似ている部分もあれば、そうでない部分もあった。矜持《きょうじ》があってやったことならいざ知らず、魔法円の描き方は最初から出鱈目《でたらめ》だし、黒魔術を行う意図を持って描かれたわけでもないから、目的がわからねえ。ただ、被害者の血液を混ぜていることや、刳り抜かれた心臓が中央に置かれていたこと、五名の頭が円の中心に向いていたことなどは、三十年前の事件とそっくりだった」

「今度も同じ、というか、似てるんですか」

「いや……まあ、心臓はな……というか、実はそれだけじゃねえんだよ」

うめくようにガンさんは言って、両手で顔をベロンと撫《な》でた。

「一昨日《おととい》、都内でも心臓を刳り抜かれた死体が発見されているんだよ。マルガイは三名。いずれも成人男性で、こっちの現場には」

ガンさんは息を吸い込み、

「魔法円が描かれていたんだ」

と、重々しく言った。

「被害者に警察関係者が含まれていることから、この件は内密にするよう指示されて……本部に帳場が立ったばかりだったんだがな。くそったれ」

八王子西署の正面を通り過ぎ、車は脇道から署の駐車場へ入る。敷地の狭い八王子西署では、一般来訪者と警察関係者の駐車スペースが明確に分かれているのだった。立ち番の警察官が清水を見て門を開け、駐車するなり比奈子らは車を降りた。着替えのために更衣室へ走って行くとき、東海林から電話が来た。

「藤堂、今どこ？　署へ着いたかよ？」

「着きました。着替えて現場へ向かいます」

「こっちも披露宴がおひらきになった。今から死神のオバサンとそっちへ向かう。オバサンめでたい格好だからさ、装備一式借りといてくれや」

「わかりました。すぐ手配します」

「んじゃ、よろ」

東海林の『よろ』を、久しぶりに聞く。

そんな事情があったから、ガンさんは苦虫《にがむし》を噛《か》み潰《つぶ》したような顔をしていたのだ。

三十年前と十二年前に起きた事件の犯人が、再び活動を開始したというのだろうか。猟奇事件の場合は犯人が暴走を止められなくなることが多いけど、それにしても、三十年前と十二年前とは。しかもまた同様の事件が都内で起きた。一方は魔法円。一方は……こちらはまだわからない。ただ、殺害した人物の心臓を刳《く》り抜くなどという凶行を思い付く人間が複数いるとも思えない。これは同一犯が起こした一連の事件なのだろうか。それとも、人間の残虐性が加速度的に増しているとでもいうのだろうか。

「どうしてそんな惨《むご》い真似を……？」

更衣室でワンピースを脱ぎ、仕事用のスーツに着替えながら、比奈子は独り呟《つぶや》いた。空気や食べ物やスマホの電磁波、日常的に接するものに、知らないうちに邪悪な作為がなされて人類が凶暴化しているというような、よからぬ妄想が膨らんでいく。ほろ酔い加減はすっかり醒《さ》めて、ロッカーの鏡に映るのは刑事に戻った自分の顔だ。がっつりメイクをしていることだけがいつもと違う。

三木と麗華の結婚式は、束の間の幸福と癒《い》やしを与えてくれた。自分たちが守っているものの尊さを認識させられる時間でもあった。

洗面所で頭から水をかぶって、刑事課へも寄らずに駐車場へ出ると、鑑識の車両はすでになく、新人刑事の御子柴が運転席で待機していた。助手席にはガンさんがいて、体の小さい比奈子と清水が後部座席に乗るのを待って、車は署を飛び出した。

「片岡刑事が先に臨場しています」

御子柴が報告する。

厚田班に赴任してきたばかりの新人刑事も、報告の習慣だけは身についたようだ。

現場は古いビルが密集する地域だった。大通りから脇道に逸《そ》れると道幅は狭まり、駐車場も見あたらない、比奈子らは警備の警察官の誘導で路上に車を駐《と》めて臨場した。

第二章　魔法円殺人事件

そのビルは、解体工事のために仮囲いで覆われていた。道路上に複数の警察車両が駐められて、倉島の忍もすでにある。警備の警察官らに頭を下げて入口へ向かうと、先に到着した倉島の横で片岡が待機していた。暴力団関係者と見紛《みまが》うばかりの片岡は倉島と並ぶと絵のようだ。強面《こわもて》でごつい男とイケメンスマート男の対比が、キャラクターノベルのブックカバーを彷彿《ほうふつ》させる。

「お疲れ様です」

片岡はガンさんに気付いて頭を下げた。その表情は深刻で、ヤクザも引くほど目つきが悪い。

「どうなっているんだ。状況は？」

手袋をはめながらガンさんが訊《き》く。片岡は捜査手帳を取り出した。

「遺体発見は解体業者。このビルは店舗用だったそうで、築三十七年を経過したんで、取り壊しのため地下室へ入ったら、遺体があったと言ってます」

「こちらがビルのオーナーです。川崎《かわさき》しほ子さんと仰《おっしゃ》るそうで」

片岡の後ろから、倉島がお婆さんをエスコートしてきた。コロコロ太って血色がいいので若く見えるが、八十に手が届く歳だという。

「困るわ。死体が出たなんて噂が広がると」

オーナーはハンカチで口を押さえながらビルの入口に目をやった。

「お気持ちはわかります。こちらも極力静かに対応しますがね、かといって、調べないわけにはいかないもので。申し訳ありませんなあ」

ガンさんはそう言って、警察手帳を提示した。

「八王子西署の厚田です。後で詳しいお話を伺うことになりますが、勘弁して下さい。ときにこのビルは、どういう人たちが使っていたんですかねえ？」

「使ってませんよ」

彼女は眉根《まゆね》を寄せてそう答えた。

「消防検査っていうんですか？　改善が必要だし、年数も年数だということで、ここ二年くらいは無人のままでした。契約が切れたテナントさんから退去してもらって、一階を使っていた乾物屋さんが出たのが最後で、その後は無人だったんですよ」

「地下室はいつまで使っていましたか?」

「地下室があることなんて、私も忘れていたくらいです。十年以上は鍵《かぎ》が掛かったままだったかしら」

「業者の話じゃ、入ったとき、鍵は掛かっていなかったってことですがね」

横から片岡が口を出すと、お婆さんはハンカチを握りしめ、

「そうだったかしら? 覚えてないわ。地下室は使ってなかったし、使う人もいなかったんだから」

「何もなかったんですかねえ? 臭いがするって苦情とか」

彼女は体を引いて眉《まゆ》をひそめ、怖いものでも見るように片岡を見た。

「ないですよ。誰もいなかったんだから」

「ビルの入口は施錠されていたんでしょうか?」

思わず比奈子も会話に加わる。お婆さんが怪訝《けげん》そうな顔をするので警察手帳を出して見せ、「八王子西署刑事組織犯罪対策課の藤堂です」と自己紹介した。

「まあ、かわいい刑事さん。おもちゃみたい」

それはどういう意味かと思いつつ、比奈子はニッコリ笑顔を作って、

「入ろうと思えば入れましたか?」

と、また訊いた。

「入口のシャッターは下りていたと思いますよ。でも、たとえば誰かが入ったとしても、盗《と》るものなんかなかったですしね。誰もいないビルなんだから」

「解体業者の話だと、シャッターも壊れていたようですがね。一応下がっていただけで、下半分はビラビラだったと」

「そうだったかしら。そうかもしれないけど、よくわからないわ。毎日確認に来ていたわけでなし、取り壊す予定だったんですもの」

言いながら、お婆さんはしきりにイケメン倉島を目で探す。意地悪な刑事たちの中で、倉島だけが頼りだわと言っているかのようだ。それに気付くとガンさんは、倉島の背中に手を置いた。

「いや、ありがとうございます。すみませんが、もう少しお話を伺いたいので倉島刑事にお付き合い願えますか。いや、本当に、ご協力に感謝します」

そう言って倉島を押しやると、お婆さんはニコニコ微笑んで、

「もちろんですとも。それじゃ、どこで話します？　すぐそこのコーヒー屋さんなら、静かな席がありますけどね」

と、倉島を見上げた。倉島は中指でメガネを持ち上げてから、

「では、そちらへ行きましょうか」

と、お婆さんをエスコートして歩き始めた。歩道と道路の段差では、さりげなく腕を貸すのも忘れない。二人が封鎖道路を去るのを見届けて、

「入るぞ」

ガンさんは残されたメンバーにそう行った。

商業ビルとは名ばかりの古い造りの建物だった。入口シャッターの奥がやや広めの通路になっていて、両脇に店舗が一軒ずつ並ぶ仕様だ。突き当たりがエレベーター、その脇が階段室で、上階の店舗へ行けるらしい。四階建てなので合計八店舗が入れるが、バックヤードに残された集合ポストを見る限り、店舗として稼働していた部屋は少なく、他は事務所などに使われていたようだ。

入口通路から階段室へ、鑑識がシートで作った道がある。初めての臨場となる御子柴に、比奈子は足カバーや手袋の装着を促した。かつての自分が頭をよぎり、

「御子柴君、ビニール袋持って来た？」

と、訊いてみる。

「持ってませんよ。なぜですか？」

そうよねえ、と、比奈子は心で思う。初めての現場の凄《すさ》まじさは想像の範疇《はんちゅう》を超えているが、普通の人間が悪意の痕跡《こんせき》に立ち会うことなどないのだから仕方がない。

「吐く場合でも、現場は決して汚さないこと」

仕方なく、比奈子は御子柴に忠告した。

「意地でも外まで戻るのよ？　もちろん後片付けも自分でね」

御子柴は丸い目をクリクリさせると、不満げに下唇を突き出した。

「平気ですって。どんだけぼくのメンタルを疑ってるんですか」

そうして比奈子を押しのけて、片岡の後ろから通路へ進んだ。

やれやれと比奈子に首を竦《すく》めて、清水が御子柴の後を行く。比奈子は一番最後から、ゆっくりビルに入って行った。

上下に延びているはずの階段室は、上階へ通ずる部分はそのままに、地階への入口のみが面格子の扉で塞《ふさ》がれていた。現在は捜査のために開放されているものの、奥にも鉄の扉があって、自動で閉まる設計らしい。地下への階段は扉の先だ。前に警備の警察官が立ち、背中で扉を押さえている。

階段は暗く、いかにも湿った感じがする。吹き上げて来るのはあの臭いで、比奈子はハンカチで口元を覆った。威勢よく先へ行った御子柴は、階段を下りることも出来

ずに固まっている。数段下から片岡が、

「御子柴。何やってんだ、早く来い！」

と意地悪な声で呼ぶのが聞こえた。仕方がないのでそばまで行って、

「呼吸を浅く。仕事に意識を集中すること」

と、アドバイスする。臭いを嗅《か》いだだけで御子柴は真っ青になっていた。

「御子柴も、無理しないでおけば？　この臭いに慣れることはないからね。でも、それって刑事としてどうかってことにはなるね？　何年やってもメンタルに堪《こた》えるけど、ご遺体が被害者だと思えば気にならないはずなんだよね」

御子柴の脇をすり抜けて、清水が階段を下りていく。大丈夫かしらと顔を見上げて、比奈子も清水の後に続いた。

キャリア組の御子柴が新人刑事として赴任してきたのは二ヶ月前だ。猟奇犯罪捜査班の一員として華々しく活躍したいと厚田班を志願した彼は、その実、ネームバリューありきの薄っぺらい青年だった。それでも捜査に加わるうちに、ほんの少しずつ変化している。たとえば臨場の際に運転手を買って出ること。たとえば署内で先輩のお茶を用意すること。下っ端刑事にとって、それらが大切な仕事なのだということを、ようやく認識し始めている。

「うー、よし！」

という御子柴の声に、比奈子は（ガンバレ）と心で応《こた》えた。

地下室へ下りる階段はコンクリート製で、天井にも壁にも照明がない。階段は一応緑色に塗られているが、劣化した塗膜面が浮き上がり、地下水が染み出て湿っている。鑑識が敷いたシートの上を滑らないように下りて行くと、どん詰まりに開け放たれた扉から、真っ白な光が漏れ出していた。

鑑識のエキスパートである三木と真紀、鑑識課長が休んでいるため、いつにも増して鑑識作業に気合いが入る。地下室内部は、既存照明の比ではない凄《すさ》まじい明かりで照らされていた。

「入るが、いいか？」

先頭のガンさんが内部に訊《き》いた。

「どうぞ」

と、鑑識の声がしたので、片岡、清水、比奈子の順にガンさんを追う。御子柴は今や最後尾にくっついていた。

ふやけた段ボール箱が数個あるだけの、ガランと広い部屋だった。コンクリートの隙間から染み出た水が床の窪《くぼ》みに溜《た》まって腐り、生臭さとカビ臭さが漂っている。しかし腐敗臭はそれを凌駕《りょうが》して、御子柴でなくとも冷や汗が滲《にじ》む。強い作業用ライトで眩《くら》んだ両目を瞬き、落ち着いて視線を凝らすと、室内の惨状はそれこそ目を覆うばかりであった。さっきガンさんから聞かされたばかりの光景が、現実のものとして目の前にあるのだ。

ガランとした地下室の中央に二人の男が横たわっていた。密閉空間だったことが幸いしてか蛆虫《うじむし》の発生はなかったが、分解が遅れた皮膚は萎《しな》びて縮み、光沢のある茶色い皮に変わっていた。一人はTシャツに綿パン姿。スニーカーを履いている。スキンヘッドに入れ墨をして、右耳の上に真っ黒な蛇がとぐろを巻いていた。膨張して突き出た舌が腐敗した後に再び縮み、開いた口を塞いでいる。身長は百八十センチを優に超え、肩幅や腕の太さからしても立派な体格だったとわかる。

もう一人はスーツを着ていた。地味な色合いのネクタイを締め、きちんと革靴を履いている。二人とも血まみれで、服の上から胸部が裂かれ、大きな穴が空いていた。

「犯行現場も、ここなんだなあ……」

ガンさんが天井を見上げて言うので、比奈子も上を振り仰いだ。二メートル以上ある天井に血液と肉片がこびりついている。壁にも弧を描いて飛び散った血痕《けっこん》があり、ここが殺害現場だと物語っている。

「頸動脈《けいどうみゃく》を切られています。噴出痕《こん》を見る限りほぼ即死だったと思いますが、さらに暴力を加えている。悪質ですね」

先に来ていた検視官が、跪《ひざまず》いたままガンさんに言った。

彼がペン先で指す場所にはナイフで抉《えぐ》った傷がある。遺体は服を着たままだが、陥没した胸部のほか、両腕と両足にも傷があり、部屋の隅には血溜まりと、遺体を引きずった跡が生々しく残されていた。

「武器代わりだったのか、安全ハンマーと呼ばれる物が落ちていました。他に携帯用の金属製ピック。カバンなど被害者の身元がわかる所持品はありません」

鑑識が二つのビニール袋に入れたものを見せてくれた。そのうちひとつは三つの棘《とげ》を持つ金属の棒で、緊急時に車の窓ガラスを割る用途のものだが、指の間から棘が突き出すように握れば武器になる代物だ。ピックも携帯可能な金属製で、フルーツピックとして売られているが、人に向ければ十二分な殺傷能力がありそうだ。

「コンクリート片も見つかっています。ざっと見たところ、室内にはコンクリートの欠けた部分が見つからないので、外から持ち込んで来たんでしょう」

検視官の脇で鑑識が、血まみれのコンクリート片を写真に撮っている。何に使ったか、答えは遺体の胸にある。切り裂かれた胸部から、砕けた骨が突き出しているのだ。

犯人はブロック片で肋骨《ろっこつ》を砕いて、心臓を取り出した。天井に散った肉片はその時のもので、刳《く》り抜かれた心臓は、頭と足を交互にして仰向《あおむ》けに寝かされた被害者らの真ん中に置かれていた。犯人は二人を殺害後、平行に並べて胸を裂き、心臓を刳り抜いて中央に置いたのだろう。胸からそれぞれの心臓にむけて、血の塊が筋を引いている。

「被害者を襲った凶器は安全ハンマーでも携帯用ピックでもなく、ギザギザしたナイフのようなものだと思うのですが、見つかっていません。犯人が持ち去ったんでしょう。あと、時間はかなり経過しています。密閉空間だったので分解せずに屍蠟《しろう》化が始まっているようです」

鑑識はそう言って作業に戻った。言葉通り、部屋の中には何もない。捨てられた段ボール箱、二人の被害者とその心臓、生々しい血の跡以外は。

「ひでえなんてもんじゃねえな……」

さすがの片岡も顔色を無くして目を逸《そ》らす。ああ……この感じ……

ハンカチを口に押し当てたまま、比奈子は頭で呟《つぶや》いた。精神を蝕《むしば》むこの感じ。手が、足が、髪の毛が、そして頬がビリビリして顔が引き攣《つ》る。現場の凄惨《せいさん》さもさることながら、ここには心臓を取り出した瞬間のおぞましい快楽感が漂っている。犯人は間違いなく、殺すために人を殺したのだ。自分の隙間を埋めようとして。

うぐっと嘔吐《えず》く音がして、階段口から御子柴が消えた。間もなく「あーあー」と警察官の声がしたから、出口まで我慢できなかったようだ。手助けに行けば自分も吐くから、比奈子は知らない振りをした。殺人現場で新人刑事が、先《ま》ず間違いなく通る道だ。遺体を被害者と思えるようになるには、もっと場数を踏む必要がある。もしくは犯人に対して激しい怒りを覚える場合、その感情は身体反応を凌駕する。

　比奈子はようやくハンカチを外し、遺体に向かって両手を合わせた。

「藤堂も、さすがに耐性ができてきたね」

　同じように合掌してから清水が言う。彼は実家がお寺なので、検視が終わって遺体が運ばれて行くときには、しばしば口の中で読経するのだ。

「御子柴には偉そうなことを言ったけど、こんな現場は彼でなくともきついよね。同様の事件が過去にも起きていることを思うと余計に」

　今すぐにでもお経を上げてやりたいくらいだと、清水の顔が語っている。ガンさんのほうは壮絶な表情で、心なしか顔色も悪い。二日前にも同じような遺体が発見されたことを思えば当然だが、検視官が言うように、こちらの遺体はかなりの時間が経過している。

「どうですか？　先日の事件と……心臓の」取り出し方は？

と、訊きたかったのに、おぞましすぎて比奈子は言葉にできなかった。ガンさんは遺体を見下ろしたままで、

「同じだな。そっくりと言っていいくらいだ」と、答えた。

「そっちはどうだったんですか？　死亡推定日時とかは？」

いつの間にか比奈子だけでなく、清水も、そして片岡も、問い詰めるようにガンさんの近くへ寄っていた。

「あらー、こっちも相当酷《ひど》いっすね！」

ガンさんが口を開くより早く、東海林が地下室へ入ってきた。上着を脱いだワイシャツ姿で、比奈子に目を向け、

「藤堂、死神のオバサンに白衣。それと靴、その他もろもろ」

と言う。比奈子は慌ててガンさんのそばを離れた。

「つーか、俺の後釜《あとがま》、吐いてんぞ。階段で」

すれ違いざまにそう言われ、

「東海林先輩だって吐いてましたよね？　ひよどり山の病院のときは」

比奈子は思わず御子柴を庇《かば》った。

「ちぇっ、つまんねえこと覚えてんなぁ」

首を竦《すく》める東海林を残して階段室へ出ると、御子柴が自分の粗相を片付けていた。

「ドンマイ」

声だけ掛けて階段を上がり、ビルの入口で仁王立ちする死神女史の許《もと》へ走って行く。

「すみません。今出します」

「別にいいよ。こっちもさ、バカップルの結婚式から殺人現場じゃ、頭の切り替えが大変でねえ」

確かにそうだと思いつつ、比奈子は車から装備を出した。白衣を手渡し、女史の足下に長靴を置く。死神女史はフォーマルドレスに白衣を羽織ると、ヒールを脱いで長靴を履いた。屍臭《ししゅう》が酷いので、ドレスは廃棄処分になるだろう。

「こっちです。ご遺体は地下室で……」

「ここも心臓が外にあるって？」

二人で階段室へ向かって行くと、ゴミ袋を抱えた御子柴が上がって来た。顔色はまだ蒼白《そうはく》で、とても検視に立ち会えそうにない。死神女史に会釈するのが精一杯という体で、よろよろと通路へまろび出て行く。

「吐いたのかい？」

「はい。でも、階段で」

「それはまあ、よく出来ました」

そう言って死神女史は小さく笑った。

「あんたもさ、初めての現場は外にいたよね？　真っ青な顔で、タオルを被《かぶ》って」

「覚えていたんですか？　お恥ずかしい」

女史は一瞬足を止め、比奈子の顔を振り向いた。

「いい刑事になったよ。あのお嬢ちゃんがさ」

あとは無言で階段を下りていく。

御子柴は案外几帳面《きちょうめん》な性格なのか、汚物の処理は完璧《かんぺき》だった。


「こっちのほうが古いねえ」

地下室に入って遺体を見るなり、死神女史はそう言った。何と比べて古いのか、比奈子らはもう知っている。日本橋で発見された三人よりも、この二人のほうが先に殺害されたと言っているのだ。しばし遺体に合掌してから、女史は検視官の脇にしゃがんだ。手袋をはめた手で容赦なく細部を観察していく。銀縁メガネにライトが当たって表情は見えないが、引き結んだ唇が嶮《けわ》しくて、全身から怒りがほとばしっている。初めから犯人を憎んでいたかのようだ。

「魔法円はないんだね。なのに心臓は刳り抜いている。襲って、並べて、胸を裂いたのも同じ。凶器も似てる……サイコ野郎が……人の体を何だと思ってやがるんだい。切り刻んでいいのは医療行為と、あとは法医解剖の場合のみ。いずれも人を救うために命がけでやる行為だよ。尊厳を重んじられない馬鹿者が他人の体に触れるからこうなる。ああもう、腹が立つったら」

死神女史がこんなふうにブツクサ言うのは珍しい。

検死官石上妙子は猟奇遺体に目がない変人だと警視庁では噂されるが、それは彼女が真摯《しんし》に死と向き合うからだ。どんなに酷い遺体でも、どれほど残忍な現場でも、ぶれずにするべき事をする。冷静に、時には嬉々《きき》としてみえるほど果敢に。

だからこんな女史を見るのは初めてだったし、それが比奈子を不安にさせた。舌で塞《ふさ》がれてしまった口。乱暴に服の上から切り裂かれた胸部。無残に砕けた肋骨《ろっこつ》や、引き出された心臓や、乾き始めている内臓などをつぶさに観察し終えると、女史はため息のように長く息を吐き、立ち上がって、天井を見上げた。

天井の二箇所に照明装置があって、どちらも蛍光管が外されている。錆《さ》びた装置には細かな付着物があり、ギザギザのエッジで裂けた肉がブロックで骨を割るとき飛び散ったものだと女史は言う。

死神女史が来てくれて、比奈子もようやく冷静に遺体を見ようという気になった。蔓延《まんえん》する悪意に打たれて足下から血の気が引いていくようだったけれど、被害者をこんな目に遭わせた犯人に対する怒りが湧けば、比奈子はただの刑事になれる。多くの場合、被害者は誰かの家族で友人だ。その死を悲しむ人たちがいるのだ。

教えて下さい。あなたたちをこんな目に遭わせたのは何者ですか？　訊《たず》ねる気持ちで遺体を見るが、そこにあるのは屍《しかばね》で、茶色く変色した顔から生前の容貌《ようぼう》を知る術《すべ》はない。二人とも体格がよく、肉体が強靭《きょうじん》だったことが想像できるばかりである。

「二人ともガタイがいいね。素人じゃないのかも……」

死神女史は呟《つぶや》いた。ガンさんに向けて言っているのは明らかだ。

「いいよ、運んで。心臓のない者同士、全員並べて確認しよう」

死神女史は立ち上がり、疲れた顔で鑑識に言った。それからガンさんに顔を向け、互いに無言で視線を交わした。比奈子も、もちろん仲間たちも、二人の間に流れていく微妙な空気に気がついたものの、何も言えることはない。それほどに、現場の空気はビリビリしていた。

マーカーが引かれて遺体がどかされたとき、比奈子は「あっ」と、小さく叫んだ。

「ガンさん、これ！　円を描こうとした跡じゃないですか！」

遺体から流れ出た血液の外れに、故意に描いたと思われる線がある。血の乾く速度が違ったからか、痕跡《こんせき》のみが残されていたのだ。三本指の跡がハッキリわかる。手袋をした手で直接床に描かれたもののようだった。腕の長さ程度の弧を描いたところで、すり切れて、消えている。

「魔法円を描こうとして、止めたんでしょうか」

「ふん」

と、死神女史は鼻を鳴らした。

「その部分の血液を調べておくれよ。誰の血で描いたものか知りたいから」

鑑識官に頼んでから、死神女史はさらに訊ねた。

「何か落ちていなかったかい？」

「凶器になり得るツールがふたつ。ほか、残されていたのはブロックだけです」

「ガラスの粉とか破片とかは？」

床に這《は》いつくばっていた鑑識官が、ピンセットとビニール袋を持ち上げた。

「ありますね。一ミリ程度のガラス片です」

「ふん」

女史はまた鼻を鳴らして、ガンさんはため息をついた。遺体袋に入れられて運ばれていく被害者らを見送ってから、死神女史はこう言った。

「お腹が空《す》いていないかい？　久々に、焼き肉食べに行こうじゃないか」


その少し後。八王子西署の会議室で、比奈子と御子柴はお茶を淹《い》れていた。

検視後、女史は焼き肉を食べに行くと言い出したのだが、個室が取れるならいざ知らず、屍臭にまみれた集団がファミリーで溢《あふ》れる休日の焼肉店へ押しかけるのは憚《はばか》られ、ガンさんが女史を説得して署まで引っ張って来たのだった。

もちろん東海林も席にいて、間もなく味噌《みそ》汁とお新香付きの焼き肉丼が出前されてきた。岡持を下げた店員が部屋に入るなり顔をしかめて鼻をこすったので、屍臭はやはり全員の体に染みこんでいるらしい。強烈な臭いはシャワーを浴びてもしばらく消えず、自分が臭いことすらわからなくなるので要注意だ。

比奈子は窓を全開にして、御子柴に丼を配らせた。食事代はガンさんが支払った。三木のご祝儀と、焼き肉丼と、今月のガンさんは出費続きだ。披露宴でガンさんの太鼓焼きまで平らげていたくせに、死神女史は、

「悪いねえ」

とガンさんに微笑んで、いの一番に丼の蓋《ふた》を開けた。

甘辛い醬油《しょうゆ》たれがつやつや光る焼き肉丼は、肉の焦げ具合もゴマの風味も食欲をそそるビジュアルなのに、現場から戻ったばかりの面々には拷問に思われた。大病を患ったばかりの女史もまた、脂の多い食事を敬遠していたはずなのに、

「いただきます」

と手を合わせると、親の敵みたいに貪《むさぼ》り始めた。

「うっぷ」

と片岡が顔を伏せ、御子柴は廊下へ飛び出して行った。

「ちょいと、アレをおくれでないかい」

お茶で肉を流し込みながら、死神女史は比奈子に手を伸ばす。

「あ、はい」

比奈子はその手に七味の缶を握らせた。

信州善光寺《しんしゅうぜんこうじ》の七名物と称された根元八幡屋礒五郎《やわたやいそごろう》の七味唐辛子は、比奈子の好物であり、お守りでもある。初めて刑事になったとき、亡き母が蓋に書いてくれた『進め！　比奈ちゃん』の赤い字は今も剝《は》げることなく残っているが、缶そのものはひしゃげてしまって、錆《さび》も出た。この缶が壊れてしまうまでには、なんとしても自分の足

で立てる刑事になりたいと、比奈子は密《ひそ》かに思っている。

死神女史は肉に七味を振りかけて、勢いよく口に運んだ。

「先生。気持ちはわかりますがねえ、ちっとは気をつけてくれないと」

強引な食べっぷりを見かねてガンさんが注意する。女史はお新香を嚙《か》みながら、

「余計なお世話だよ。なんだい、大の男が雁首《がんくび》揃えて、食べるものも食べずに仕事しようって、その魂胆が気に入らないね。あたしは五人の仏さんを背負ってんだ。あんたたちもだろ？　彼らはさ、二度とごはんも食べられないんだよ」

と、ガンさんではなく片岡を睨《にら》んだ。この中では片岡が一番の大食漢だからだろう。事件のたび、死神女史は静かに深く怒りをためるが、今回は特に様子がおかしい。彼女は次いで東海林を睨み、涼しい顔の倉島を睨んだ。冷たい視線に責められる前に、

「たしかにね」

清水がパキリと割り箸《ばし》を割った。

「冷めないうちに頂こうよ。それじゃガンさん、ご馳走《ちそう》になります」

それで御子柴を除く全員が、勢いに任せて焼き肉丼に挑み始めた。

時々鼻を衝《つ》く現場の臭いに気付かぬ振りで、比奈子も丼をかきこんだ。何度か胃袋が喉《のど》までせり上がって来たが、犯人に立ち向かうつもりになれば飲み下せるものだ。

黙々と丼の中身を空にしていく猟奇犯罪捜査班のなかで、ガンさんだけが時折ため息をつきながら、心配そうに女史を見ていた。

「あのビルですが、取り壊す予定だったので監視カメラはなかったそうです。念のため確認して来ましたが、通りを映すカメラも無しです。表通りにはコンビニとドラッグストアがあるので、そちらのカメラに犯人か被害者か、いずれにしても何かが映っているかもしれません。すぐに確認したほうがいいですね」

全員が丼を空にし終えると、比奈子が注《つ》ぎ足すお茶を待ちながら、倉島が口火を切った。彼は三本指でメガネを挟み、レンズの位置を調整してから、捜査手帳のページをめくった。

「それと、オーナーのしほ子さんから、ちょっと面白い話が聞けました。現在の取り壊し業者は丸富《まるとみ》建設ですが、元々は別の業者に工事を委託する予定だったそうです。そちらの業者に業務査察が入ったとかで、行政指導で業者を変えたと」

倉島はオーナーのお婆ちゃんとお茶を飲んでいたので、唯一現場を見ていない。一人だけ美味《おい》しそうに焼き肉丼を食べ終えて、今もサッパリした顔でいる。

「業務監査？　不適正工事があったとかか」

ゲップを嚙み殺しながらガンさんが訊《き》く。

「当初、解体工事を請け負ったのは寄居《よりい》土建で、フットワークの軽い三木がいないため、詳しい調べはこれからですが、業種は主に基礎工と解体。ほか不動産業も手掛けるようです。以下はしほ子さんの話で裏はとれていませんが、寄居土建は基礎工事にかこつけて不法廃棄物を埋設しているという告発があったそうで」

「建築業者の不法投棄は、ここんとこマル暴も注目してるな。海外からも怪しい連中が参入していて、界隈《かいわい》がざわついてるって話だが」

片岡が身を乗り出して、食べ残しのお新香をガリガリ嚙んだ。

「海外の怪しい連中って、外国の暴力団組織のことですか？」

比奈子が訊くと、

「んなことぐらい知ってんだろうが、いちいち聞くな」

と、片岡は答えた。

「暴力団がらみの不法投棄はあり得ると思うねえ。暴力団対策法が施行されちゃって、彼らも資金源に四苦八苦しているみたいだから」

と、清水。

「えー、あー、コホン。実はっすね」

今度は東海林が背筋を伸ばす。今やその胸には捜査一課の赤バッジが輝いているのに、署にいた頃となんら変わらない言葉遣いと態度である。

「寄居土建が手掛けた現場は、基礎コンクリートの中に死体が埋まってるって、そういう噂があるんすよ。で、内偵して捜査中だったみたいっす」

「不法廃棄物ってなぁ死体のことかよ、なるほどな」

片岡は東海林を睨んだ。

「そりゃ、あり得る話だ。で？　どっか手をつけて探ってんのかよ？」

「その筋から入手した情報によると、どうも、トップに大きな組織があるようっす。葵組《あおいぐみ》っていうらしいんすけどね、死体の処理を請け負う専門業者らしくって」

「なんだ？　葵組って」

片岡が訊いた。

「それが、法人登記もされていなくて、実態はまったく謎なんす。今んとこわかっているのは名前だけ。基礎から死体を発見すれば早いんでしょうが、建物ってのは持ち主がいるんで、なかなかね。行政がらみのでっかい工事は生コンの量も半端ないっすから、人間の一人や二人沈んでてもわからない。日本橋の現場だって、遺体が発見されてなかったら、上から次の生コンが流されてたのかもしれないし」

そんな乱暴な話があるだろうか。比奈子は思わず顔をしかめた。

「普通は遺体をドラム缶に詰めて、海に捨てるんじゃないんですか」

「ばーか、藤堂はテレビの見過ぎ。ドラム缶に人間とコンクリート詰めたら、どんだけ重くなると思ってんだよ。それを海上に遺棄するとして、人目とか、船の手配とかさ、実際は色々大変だぞ？　結果として護岸に落とすのがせいぜいで、即見つかるんだよ。そんなことすんのはテレビ世代のガキがいいとこ。そうでなくとも海ってところは、時間に関係なく太公望の目が光ってっから、工事現場に埋めちまうほうがずっとリスクが低いんだよ。上物が建っちまえば削《はつ》れないし、現場代人に金握らせて、ほんの少しだけよそ見していてもらえばさ」

「じゃ、本当の話なんですか？」

「俺個人としては、あり得る商売だと思うんだよな」

東海林は空になった茶碗《ちゃわん》を出して、お茶のおかわりを比奈子に求めた。

「木偶《でく》の坊の言うとおりだね。事実、一般住宅や駐車場の基礎部分から人骨が出たケースもあるし、まんざら噂だけとも思えないよ」

死神女史は真面目な顔だ。片岡も頷《うなず》いた。

「穴を掘るより手っ取り早いし、発見もしにくいからな。そういう噂は前からあったが、具体的に業者の名前が出たってえのは、初めてじゃねえか？」

「ふむ。使われなくなって二年。寄居土建はビルの事情を知っていた。か」

「そっすよね。合い鍵《かぎ》だって作れたはずだし……つか、そもそもあのビル、シャッターが壊れてたじゃないっすか。寄居土建関係なく、誰でも入れたってことすよね」

「だとしても、男二人を殺そうと思ったら、偶然入れたビルの地下室ってのは安易すぎる発想だよね。犯人は事前に調査して、地下室の形状や内部の様子を知っていたと思う方が理にかなってる。あのビルを知っていた人間だよ」

確かにな。と、ガンさんは清水に目をやった。

「御子柴はどうした？　呼び戻して、三木の代わりに調査をしてもらわねえと」

「ですね。わかりました」

立ち上がろうとした比奈子を片手で制して、清水は廊下に出て行った。

「たぶんトイレだ、あの野郎、せっかくの焼き肉丼を残しやがって。味噌《みそ》汁が冷めちまったじゃねえか」

片岡がブツクサ言っている間に、蒼白《そうはく》な御子柴を連れて清水が戻った。その頃には比奈子が食器を片付け終えて、手つかずだった御子柴の分も部屋の片隅によけられていた。お新香と味噌汁にはラップがかかっているから、あとで食べることもできるだろう。ようやく全員がテーブルに着くと、ガンさんはポケットからガムを出して一枚咥《くわ》え、残りを全部片岡に渡した。片岡も一枚とって倉島に渡し、倉島が取って東海林に渡すと、東海林でガムは終わってしまった。

「ほい」

と、東海林は半分千切って比奈子にくれた。比奈子は、

「食べますか？」と女史に訊いたが、

「いらないよ」

と、言われたので自分で噛《か》んだ。御子柴と清水の分はなかった。

「今回の件では八王子西署に帳場が立つだろう。で、これはまだ雑談なんだが」

一瞬天井を仰いでから、ガンさんはみんなに言った。

「本庁から応援が来るし、そうなると時間はあまりない。全員気を引き締めてくれ」

ガンさんの言葉に比奈子らは緊張した。そうでなくともあの現場だ。人間の仕業だったとは思えない。

「何かが、もの凄《すご》い勢いで動き出したかもしれんのだ」

ゴクリと御子柴がお茶を飲む音がした。

「全員が揃ったところで、今一度話しておくが、二日前、日本橋の再開発区域で、やはり心臓を刳《く》り抜かれた遺体が見つかっている。すでに本庁に帳場が立って、捜査員

が集められている最中だ。東海林」

　言われて東海林が立ち上がった。

「殺害されたのは男性三名。商業ビル建設予定地の地下二階部分で見つかっています。入電は工事現場の監督から。作業の進み具合を見に入り、遺体を見つけたってことでした。現場は生コンを打ったばかり。乾くまで他の作業が優先されて、ほぼ無人だったみたいっすが、心臓を刳り抜かれた状況等は、さっきの現場とそっくりす。で、こちらの三名については発見当時、一日程度しか経過していなくてですね」

　その後を女史が続けた。

「直腸温度や眼球の白濁具合からして死後三十時間前後というところ。襲われたあと、引きずって移動させられ、そこで心臓が刳り抜かれた。服の上から胸部を裂く手口は同様。肋骨《ろっこつ》を折るのに使われたのは現場の工具で、現場に凶器はなし。被害者は意識があるうちに心臓を抜かれたんだと思う。今日の仏さんがどうだったかは、司法解剖してみなきゃわからないけど、壁に飛んだ飛沫血痕《ひまつけっこん》を見る限り、今日の現場の方が日本橋より荒っぽいようにも見える。あの量が噴き出すと急激に血圧が下がって即死に近くなるからね」

　比奈子は思わず目を閉じた。

「日本橋のほうは死亡推定時刻から推測するに、犯行が行われたのは真夜中っす。周囲は立ち入れないよう施錠されていたものの、その気になれば隙間があって、まったく立ち入れない状態でもなかった。ちなみに、侵入口と思われる場所からは被害者の指紋のみが検出されてるんすよね。犯人は最初から手袋をしてたってことです」

「被害者自ら工事現場に入って行ったってこと？」

清水が訊《き》くと、

「そういうことっすね」

と、東海林が答えた。

「そっちの被害者の身元はどうだ？　わかったのかよ？　どうなんだ」

「つか、そこなんすよね」

東海林は捜査手帳を出して確認した。

「殺害された三名のうち、身元が判明しているのは二名。石川良樹《いしかわよしき》二十五歳、新宿署勤務の巡査です。殺害時は制服姿。もう一名は三十代後半から四十代前半男性。身体的特徴も所持品もなく、身元は不明。服装もシャツに綿パンとカジュアルで、そこらに山ほどいる感じ。ほか山崎松巳《やまざきまつみ》五十六歳。こちらは公安を早期退職後、私立探偵をしていた人物です」

「松巳さん？　そりゃ本当かよ！」

思わず席を立ったのは片岡だった。

「知っているんですか？」

倉島が訊くと、片岡は「ああ」と唸《うな》った。

「警察学校時代に逮捕術を教わった教官だ。とんでもねえ教官で、柔道も相当な腕前だったが、まさかあの人が……殺害された……なんでだよ」

「それをこれから捜査するんだよ」

ガンさんがピシリと言った。

「ちなみにっすね。日本橋も監視カメラがないんすよ。や、あるにはあるけど、その場所にはなかったというか。でっかい地下が空いてるだけの場所っすからね、重機も車も置いてないんで、監視の必要なかったと。もちろん周辺のカメラも確認したんすが、今んとこ被害者しか映っていない。しかも個別に行動してるんす。新宿署の石川巡査は、警邏《けいら》中に被害者を追って行って巻き込まれたものと思われます。身元不明の一名について、あとをつけていく姿が防犯カメラ映像に残されてたんで」

「工事現場への不法侵入を疑って職務質問に向かったところが、巻き込まれて殺害されたと、本庁では見ているようだ」

ガンさんが補足する。若い警察官の不幸はやりきれない。

「犯人は工事現場で待ち伏せしていたということですか？　現場へ入る姿が映っていないのは工事関係者だからなのか、それとも、カメラに映らないルートがある？」

倉島が首を傾げる。

「幽霊じゃあるまいし、出歩いてる人間なら必ずどこかに映り込んでいるだろうがよ。監視カメラだらけの時代なんだから」

片岡はそう言うが、比奈子は別のことを考えていた。

「そうとも言い切れないんじゃないでしょうか」

「あ？」

「以前にもありましたよね？　犯人をカメラで確認できなかった事件が」

「ああ」

と、清水が顔を上げる。

「そういえば、あったね。犯人が下水管を移動してた事件が」

その通りだった。犯人は都心の地下を縦横に走る下水管を逃走経路に使っていたのだ。被害者を下水管に引きずり込んで、そこで殺害してもいた。

「厭《いや》な符合だな」

ガンさんが低く唸った。

「そっか。下水管か」

東海林はポンと手を打つと、

「本部に戻ったら話しておきます。いけすかない上司にもね」

鼻の頭に皺《しわ》を寄せてそう言った。

「つか、そうっすよね。そう考えれば、もしかして……日本橋の商業ビルも、元請けは大手ゼネコンだけど、孫請けか、ひ孫請けあたりに寄居土建か、葵組がいたりして……そこも調べてみないとなぁ」

「ちょっといいかい？　あたしとしては今日の現場に思うところがあるんだけどね」

両腕を組んで椅子にふんぞり返っていた女史が、テーブルを睨《にら》んでそう言った。組んだ腕が胃のあたりを押さえ付けていて、もともとスリムな女史ではあるが、両腕が食い込むほどに体が薄い。

「なんですか？」

比奈子は女史に訊いてみた。隣に座る御子柴は目をキョロキョロさせるだけで一切口を開かない。殺人現場から逃げ出してしまったので、会話に加われるだけの情報を持っていないのだ。

「日本橋の現場には、微細な破片が落ちていた。今日の現場にもあったよね？　ガラス片がさ。鑑識が拾っていたろ？」

「日本橋については、携帯のモニター面じゃないかってことすが」

「あっ」

比奈子は小さく声を上げた。現場のビジョンが思い出されたからだった。

「そういえば、現場には照明器具がありませんでした。階段室もでしたけど、地下室は天井の蛍光灯が二箇所とも壊れたままで」

死神女史は頷《うなず》いた。

「木偶《でく》の坊に聞いてごらん？　日本橋はどうだったのか」

「あっちは工事用照明があったんすけどね。夜間は全部を点《つ》けっぱなしだったわけじゃなく、防犯のため外部のみ点けてたようで、地下へ下りる足場にも照明器具がくっついていたけど、コードが切られていたんすよ」

「それはつまり、どういうこと？」

と、清水。人差し指を立てて東海林は言った。

「殺害現場は真っ暗だったってことっすね。つまり」

「だから携帯電話が壊された？　照明が切れて、被害者が咄嗟《とっさ》に明かりを点けようとして、そこを襲われたってことかしら。屈強な男たちがさして抵抗もせずに殺されたのは、犯人が携帯用の武器だけでなく、暗視ゴーグルを用意していたから」

「かもしれん。日本橋の時は気付かなかったが、藤堂の言うとおり、被害者らは暗闇で襲われたのかもしれんな」

ガンさんは二本の指で顎《あご》をひねった。

「十二年前の歯科医師殺しと、同一犯ってことはないでしょうか」と清水。

「その時もたしか、辺り一帯が停電していたんですよね。嵐のせいで」

「現場にでかいロウソクが置かれていたな。もっとも、下の医院が燃えたんだから、放水でガラスが割れて、部屋の一部は水浸し。事件時に明かりが灯《とも》っていたのかわからんが」

「十二年前の被害者は五人だよ？　相手がいくら素人でも、ロウソクの明かりだけであんな犯行は犯せない。頸動脈《けいどうみゃく》を正確に狙っていたんだからね。間違いなく犯人は暗視装置を準備していたか、もしくは……」

死神女史は言葉を切ると、なぜか比奈子に視線を送った。

「暗闇でも見えたか、だ」

「え……」

その瞬間、比奈子は永久という少年のことを思い出した。少年は特殊な目を持って生まれた。暗闇でも見える目だ。けれども永久は小さな子供で、現在は収容施設に軟禁されている。そしてもう一つ思い至るのは……

「まさか先生、例の組織と関わりがあると思ってるわけじゃないですよね？」

比奈子よりも先にガンさんが聞いた。

「例の組織って、例の組織のことっすか？」

東海林も真剣な面持ちでいる。

「や……もしかしてもしかしたら、あり得るよねえ」

清水はしきりに鼻をこすった。片岡と倉島は絶句している。

「……例の組織って……例の組織のことですか？」

後ろの方からおずおずと、御子柴が東海林の言葉を繰り返す。

「藤堂。いい機会だから、御子柴にもわかるよう整理してやってくれ」

ガンさんが比奈子に促したので、比奈子は捜査手帳を出した。普通は文字で埋まっているはずの捜査手帳が、比奈子のものは落書きだらけだ。漢字が苦手で書けないために、速記代わりのイラストを描く。それを見れば、比奈子は聞いた言葉を正確に思い出すことができるのだ。一連の事件が始まったとき、御子柴はまだ厚田班にいなかった。『例の組織』の存在が見え隠れし始めたのはここ数ヶ月のことであり、御子柴が事件の流れを熟知できているとも思えない。比奈子は捜査手帳を開き、一連の事件をトレースした。

「では、例の組織に関して、時系列順に整理します」

比奈子は小さく咳払《せきばら》いした。

「最初の事件は昨年の暮れ。ベジランテボード総合病院が襲撃されて、特殊病棟に入院中の受刑者全員が殺されました。実行犯は下水口に知識があった渡嘉敷《とかしき》という男。新宿で逮捕されましたが、薬物の過剰摂取で死亡。ちなみにこの時現場にいた新宿署の刑事は、後に自殺しています。理由は不明。主犯格と目されたのは元公安警察官でベジランテボード総合病院の理事長だった鹿島《かしま》ですが、こちらもタヒチで死亡。

次の事件は今年五月。狭山湖《さやまこ》で人魚と目される少女の遺体が発見されました。犯人は我孫子《あびこ》という科学者ですが、不明の財団から資金援助を受けていたほか、鹿島理事長が経営する個人病院の地下室でバイオテクノロジーを悪用した人体実験を繰り返していたことがわかっています。ちなみに、暗闇でも見える目のような、特殊能力を持つ人間を創る研究が進められていて、我孫子の周囲からは、故意に変異させられた骨を持つご遺体が見つかっています。最終的な被害者の数は確認不能。硫酸プールで溶かされたご遺体も多かったからです」

　その時のことを思い出して、比奈子は少し声が詰まった。

「我孫子は自首直前に組織の殺し屋に襲われて死亡しています。現場も放火されて炎上。地階にあった彼の研究室のみが延焼を免れて、証拠が出ました。この時我孫子を襲った犯人もまた、逮捕後に拘置所内で自殺しています。歯、眼球、指紋を焼き溶かして身元は不明。襲撃時にランニングマンの格好をしていたことから、調書にはランニングマンと書かれています」

「殺害直前に我孫子があたしに残したマイクロSDには、バイオテロの研究内容が残されていた。組織の名前はCBETで、光のマークを使っている。死んだランニングマンはペニスの裏に光のマークを入れ墨していた。組織に忠誠を誓う証《あかし》だと思う」

　死神女史がはっきり言うと、男性陣は一様に首を竦《すく》めた。

　そして今回の事件である。暗闇で見える目を持つ人間が、すでに創られたというのだろうか。まさかそれはあり得ない。けれどこの犯行がCBETの仕業だとするならば、冷酷無比で傲慢不遜《ごうまんふそん》な人間が日常に潜んでいたと思うよりは救われる気がする。

「あのう……そこは納得できましたけど。さっきから話に出ている十二年前って、なんですか？　三十年前ってのも」

御子柴が、蚊の鳴くような声で比奈子に訊《き》いた。彼は結婚式にも出ていなかったから、三十年前と十二年前にも同様の未解決事件が起きており、それらが警視庁内部で『魔法円殺人事件』と呼ばれていることを知らないのだ。

死神女史は煙草を出して、火のない煙草を口に咥《くわ》えた。昨今は署内も全館禁煙なので、会議室にも灰皿はない。唇で煙草を弄《もてあそ》びながら、

「坊やが生まれるずっと前にね、世田谷で起こった事件だよ」

と、言った。喋《しゃべ》るたび唇の端で煙草が上下する。

「被害者は警察官の一家で、皆殺しにされた挙げ句、デタラメの魔法円に並べられていたんだよ。同様の事件は十二年前にも起きている。こっちはマンションの一室で、嵐の夜に歯科医の家族と、巻き添えで一名が殺害された」

「十二年前の事件もシニガ……先生が検視されたんですか？」

死神女史は火のない煙草を吸い込んで、鼻から深く息を吐いた。

「残念ながら、二つの事件であたしはまったく役立たずだった。三十年前は入院していて司法解剖に携われなかったし、十二年前の事件については、なぜか検視も、司法解剖の依頼すらも来なかったからね。ただし、三十年前は検視だけしたんだよ。あっちは暗闇で起きたわけじゃなかった。臨場したとき現場の明かりは点いていた。家中

の明かりが、煌々《こうこう》とね」

彼女は宙に目をやった。その時の情景を、まざまざと思い浮かべているようだった。

「もっとも、三十年前には、まだ暗視装置がなかったからかもしれないけれど……っ、つぅ……」

女史が眉《まゆ》をひそめたので、ガンさんが心配そうに腰を浮かした。

「先生。顔が真っ青ですぜ？」

「わかってるよ。自分の体なんだから」

女史は煙草をつまんでテーブルに置くと、

「悪いね。ちょっとトイレへ行ってくる」

と、席を立った。

「だから言ったじゃないですか。大丈夫ですかい？」

「大丈夫、大丈夫、いつものことなんだから」

真っ直ぐ会議室を出て行くので、比奈子がそれを見送っていると、

「藤堂。あとで水持って行ってやってくれ」

と、ガンさんが言う。東海林がどや顔で頭を掻《か》いた。

「あー、吐いちゃ復活戦っすね？　怒りにまかせてどんぶりメシかっこむからっすよ。

病気してメシの通りが悪くなってるってのに、懲りないんだから、まったくもう」

「事情があるんだよ。先生にはな」

許してやれと言うように、ガンさんは一同を見た。

「先生は、自分で司法解剖できなかったことが許せねえんだよ。最初の事件では特に、子供が二人も犠牲になってるからな」

「入院してたんなら、仕方ないじゃないっすか」

東海林が言うと、ガンさんは、「まあな」と悲しげに応《こた》えた。

「まあ、そっちはすでに時効が成立しちまって、当時の資料を閲覧するのも微妙だったんだが、こうなったからには本部に掛け合って、おまえたちにもすべて確認してもらう。三木が新婚旅行なのは痛いが、そこは御子柴に頑張ってもらうほかはない」

「ぼくですか」

キョトンとして御子柴が言うので、

「そうよ」

と、比奈子は彼の背中を叩《たた》いた。

「御子柴スグル。おまえ、俺の後釜《あとがま》をやるってんなら、ガチで奮闘しないと許さんぞ？　現場でゲロってばっかりいると、オトルって呼んじゃうからな。覚えとけ」

ビシッと御子柴に人差し指を向けた東海林の脇で、ガンさんの話は続く。

「今日の現場を見てもわかるとおり、ホシは冷酷で残忍で狡猾《こうかつ》だ。そのことは肝に銘じておいてくれ」

「はい！」

厚田班は即答した。事件を捜査していくと、犯人のほとんどは普通の暮らしをしてきた普通の人物であり、犯罪を起こすきっかけも日常のどこかに転がっているものだと気付かされる。彼らがモンスターに変じるきっかけは、日常に深く密《ひそ》やかに蔓延《はびこ》っているのだ。けれど、昨年の暮れから続く不穏な事件は、それらとは一線を画するものだ。いったい何が起きていて、何が始まろうとしているのだろう。そう考えるとき、ジリジリと背骨の裏側を灼《や》くような鈍い痛みを比奈子は感じる。

殺した相手の心臓を刳《く》り抜くような人物が何を考えているのかなんて、普通の人間には想像もつかないし、刑事であってもそれは同じだ。そして、そう思ったとたんに野比先生の顔を思い浮かべた自分のことが、比奈子は酷《ひど》く許せなかった。

第三章　影人間

武蔵野《むさしの》市の郊外に、日本精神・神経医療研究センターという施設がある。人体に関することならなんでも研究している国の施設だが、巧妙に外部と遮断されて、存在が秘匿され、一般にはセンターの手前に建つ病院が知られるのみである。こちらは重篤な症状や特殊な病気の治療を受けるため、医師の紹介状を持って診療に訪れる患者が多い病院だ。

センターへ行くには病棟を経由して中庭へ抜け、奥まった場所にある塀に沿って歩き、守衛室で身体検査を受けて内部へ入り、さらに歩く必要がある。広大な敷地の中央にそびえる建物は特殊偏光ガラスで覆われて、地図からも航空写真からも削除されている。ここでは科学者や、特異な能力を持つ者や、一部の犯罪者らが様々な研究に埋没しているのだが、比奈子が愛した犯罪心理プロファイラー中島保もここにいて、犯罪者やその予備軍に『愛された記憶』を与える研究をしている。彼の被験者第一号は、ネグレクトと精神的虐待によって心を失った児玉《こだま》永久という少年で、心理矯正目的で保に預けられているのだった。

壁一面にモニターが並ぶ暗い部屋。床に広げた画用紙に、永久は最後のレ点を打った。画用紙にはセンター内の全人物が描かれているが、これで、すべての人物にチェックがついたことになる。

「やった……」

ため息のように呟《つぶや》くと、永久は画用紙を目の高さに掲げ、隅々まで眺めて、もう一度言った。

「やった……ぼく、やったんだ……」

誰に語ったわけでもないが、少年の近くには、椅子に座って壁一面のモニターを見つめる青年がいる。彼は少年に背を向けたまま、降りしきる雪のように画面を流れるコンピュータ言語を眺めている。

「ねえミク。とうとう全部チェックしたよ。これで影人間がわかるよね」

青年の名前は金子《かねこ》未来《みく》。コンピュータとモニターだらけの薄暗い部屋は、センターが彼に与えた全世界だ。サヴァンの金子はコンピュータ言語の瞬時解析能力を持ち、持てる時間のほとんどを情報の記憶に費やしている。対人恐怖症もあるためごく少数のスタッフとしか交流しないが、永久とは格別に馬が合い、部屋に入り浸ることさえ許している。たとえ会話をしなくとも、一時も視線を交わさなくとも、それを気に病むこともなく、二人は一日の大半を気の向くままに過ごしているのだ。

「ミク、センターの監視映像を見せて」

永久は画用紙を手に金子の隣へやって来た。返事がなくても気にせずに、壁一面のモニターを見上げる。モニターの半分はコンピュータ言語を映していたが、金子はすべてを監視カメラに切り替えた。

「明るすぎて目が痛い」

金子はやはり無言だが、モニターの明度が静かに落ちる。

「ありがとう」

と永久は言って、微笑んだ。

センターに収監されて一年近く。永久はようやく『ありがとう』を覚えた。ありがとうの語源は有り難し。あり得ないほどの事柄に感謝を込める言葉だと、保が教えてくれたのだ。感謝される人ばかりが偉いんじゃないよ。有り難い事柄を有り難いと素直に認める人も尊いんだよと、保は言った。その時から永久は、ありがとうと言える自分が好きになったのだ。

センターでは、トイレからシャワー室に至るまで、すべての場所が監視され、必要に応じて記録される。金子がシステムにアクセスして呼び出したのはその映像だが、親しい者以外が部屋にいると、金子はモニターにコンピュータ言語しか映さない。望まれて画面を切り替えるなどということも、永久以外の人物にしたことがない。

ここ数ヶ月、永久はセンターにいるすべての人をモニター越しにチェックして来た。画用紙に描かれた夥《おびただ》しい人物と見比べて、一人ずつ潰《つぶ》していったのだ。なぜなら画用紙には金子が『幽霊』と呼ぶ黒い人がいて、それが何を意味するのかを、保が知りたがっていたからだった。

「絵にいない人がもしも監視カメラに映っていたら、それが影人間ってことだよね」

黒く塗られた人たちを、金子は『幽霊』、永久は『影人間』と呼んでいる。

「モニターに影人間はいない。別のを映して」

金子は永久を見もしない。その代わり、キーボードを操作して別の映像を呼び出した。研究室、ロビー、図書室、中庭、シャワールーム、フィットネスジム……切り替わる画面を食い入るように見ていた永久が、突然「あっ」と、叫び声を上げた。

「上から二列目、右から五番目のモニター、ストップ！」

金子は切り替え操作を止めた。

フィットネスジムが映されていた。ジムはセンター内にあり、運動着に着替えたスタッフが数人、トレーニングマシンを使っている。永久は画用紙に目を走らせて、クランチマシンの男を指した。

「あの人だよ、ミク。髪の毛が短い、四角くて色黒の男の人。あの人の顔をキャプチャで撮って」

金子は男を写真に撮った。その横で、モニターは次々に切り替わっていく。巨大水槽で培養されている脳みそが映ると、永久はまた金子に「止めて」と、言った。

「その画面にも二人いる。ほら、スサナの隣に立ってる、ひょろ長い男の人と、あと、装置の奥でメモパッドを持ってる外国のおばさん。写真に撮って」

三名を特定したところで、永久は突然背伸びを止めた。

「目が痛い……真剣に画面を見過ぎちゃった」

そう言うと床に胡坐《あぐら》をかいてメガネを外し、手の甲でゴシゴシと目をこすった。永久の眼球は光に弱く、紫外線除《よ》けのメガネを掛けても巨大モニターの光が辛《つら》いのだ。

金子は椅子をクルリと回した。大丈夫かとは聞かないが、切れ長で二重瞼《ふたえまぶた》の目を細め、心配そうに永久を見下ろす。両目をパチパチ瞬いてから、永久はメガネを掛け直した。

「でもいいや。今日は三人見つけたもんね。ついに影人間をみつけたんだもん」

タモツはなんと言うだろう。すごいねと褒めてくれるだろうか。永久は嬉《うれ》しくて仕方がない。自分に価値が生まれた気がする。完璧《かんぺき》でないものは無価値なのだと養父に言われて育てられ、価値ある何かになろうともがき続けた日々が遠くなる。誰かのために、タモツのために始めたことが、初めて成果を生んだのだ。自分にも価値がある。なんて素敵なことだろう。

「あのねミク。影人間の写真をタモツに見せてあげたいから、データをコピーしてくれない？」

立ち上がって、永久はポケットをまさぐった。

センター内では全員が白い服を着ている。その多くは白衣だが、たった一人の子供である永久は、白い上着に白いズボンを穿《は》いている。首から提げた赤いネックストラップには七味缶キーホルダーがついていて、これと、比奈子にもらった彫刻の本と、いつか金子から取り上げたUSBメモリだけが永久の全財産だ。永久はポケットをまさぐって、スサナが金子に贈ったUSBメモリを取り出した。

「ここにコピーして。お願い」

差し出すと、金子はチラリとそれに目をやって、嫌々をした。

USBメモリはもともとミクのものだけど、でも、奪い取ったわけじゃない。スサナがこれをくれたのに、ミクが興味を示さなかったから、本人に断りを入れて、もらったのだ。ミクはそれを厭《いや》がらなかったし、なんの反応も示さなかった。だからこれはぼくのもの。もう、ぼくのものなんだ。

永久は自分にそう言った。

「どうして？　コピーしてくれなかったら、タモツに見せてあげられないじゃない」

永久は金子のデスクに寄った。

金子は接触に敏感で、他人に触れられることを嫌うが、最近は永久を拒絶しない。一緒にモニターを見るときは肩や腕が自然に触れるし、永久も金子といることでパソコンの操作を覚えてしまった。USBメモリをどう使うかも知っている。

「じゃ、いいよ。ぼくがやる」

USBポートにメモリを差し込もうとした時だった。金子は永久の手を摑《つか》み、メモリを奪い取って床に放った。永久は雷に打たれたように静止した。

拒絶された。

そのことが、永久の小さな胸の奥で、マグマの鼓動を始めていた。

ミクがぼくを拒絶した。

初めてできた友だちだった。通じ合う心の存在を信じ始めた永久だった。それなのに、ミクはぼくを拒絶した。

おまえなんかいらない。おまえなんかいらない。恐怖と嫌悪に見開かれた母親の目が語るもの。暗い地下室に閉じ込められて、恐ろしい地獄の絵に囲まれて、石敷の床から這《は》い上がって来る冷たさと湿り気、叫んでも応えない両親を呼んだ日々。自分を見るママの目に、いつも貼り付いていた恐怖の色。無価値な自分。無価値な命。地下室の巨大絵画は、描かれた人物すべてが血にまみれ、狂気を顔に貼り付けていた。おまえなんかいらない。おまえは無価値だ。血にまみれ、恐怖に砕かれ、永遠に闇にほどけてしまえ。ここに来てから忘れかけていたそれらの記憶が、永久の奥から噴き出してくる。ぼくはZERO。ONEにはなれない。初めから、ぼくは……

「ぎゃあああああああっ！」

その声がどこから噴き出すものなのか、永久にはもう、わからなかった。彼は金子の髪の毛を摑み、彼を床に引き倒した。倒れた椅子を蹴《け》り上げて、金子の首に手を掛けた。見開かれた大きな目。その目に貼り付く恐怖が母親を思わせた。絞め殺そうとしたけれど、金子は大人で永久は子供だ。太い首には指が回らず、永久はあっという間に突き飛ばされた。そのまま金子はデスクの下に潜ってしまい、こちらに尻《しり》を向けて固まった。永久は自分の敗北を知り、心はさらに微塵《みじん》に砕けた。

「ぎぃやあぁあぁあぁあーっ！」

跪《ひざまず》いたまま天井を仰ぎ、永久は劈《つんざ》くような咆哮《ほうこう》をあげた。けたたましくベルが鳴り、スタッフの足音が近づいて来る。ドアが開いたように思ったが、永久にはそれもわからない。鳴り止まぬベルと喧騒《けんそう》の果てに、少年は、幼い時間の大半を過ごした石造りの地獄部屋に帰っていた。


「来て下さい。例の少年が大変です」

保が一報を受けたのは、センタースタッフのカウンセリング中のことだった。

「早く！　異常事態です」

スピーカーから声がする。

「どうしました？」

問いかけると、声の後ろで叫声がした。紛《まが》う事なき永久の悲鳴だ。異常な声であるのは間違いがない。保はカウンセリング中のスタッフを見た。

「すみませんが……」

「かまいません。行って下さい」

長椅子の上でくつろいでいたスタッフがそう言って起き上がったので、彼と一緒に部屋を出た。

「また連絡します」

そう言い置いて走り出す。

センターでは、廊下を走る人は皆無である。それでもあの声を聞く限り、永久に尋常ならざることが起きているのは間違いなかった。どうした。いったい何が起きたんだ。駆けながら、不安が次第に大きくなった。ここに来てから安定していたのに。特に金子君と友だちになってからは、随分自信を取り戻していたのに。

エレベーターを乗り継いで、金子のいる棟へ急ぐ。長い廊下を駆けていくと、開け放ったドアの前で二名のスタッフがうろたえていた。超音波のような声が絶え間なく聞こえ、保の姿を認めた二名は、助けを求めてすがりつくような表情をしている。

「先生っ！」

叫ぶスタッフの脇をすり抜けて、保は部屋へ飛び込んだ。

いつもなら明滅しているモニターがスリープしたように真っ黒で、それだけでも異常事態とわかる。金子は暗めの室内灯を好むから、室内はいつも薄暗いのだが、モニターが消えて機器のスイッチライトが星のように瞬くのを見たのは初めてだ。何もない床に白くて小さな影があり、永久が全身を震わせながら天井に向かって喘《あえ》いでいる。

「永久くん」

何が起きたか聞くより早く、保は永久を胸に抱く。小さな体は痙攣《けいれん》するほど震えていて、永久は叫ぶのを止めようとしない。保は永久の髪をまさぐって、少年の頭を自分の胸に押しつけた。両手の拳《こぶし》を胸の前で握っていた永久は、保の背中に腕を回して抱きついて来た。そうしながらも叫ぶのは止めず、鉤《かぎ》形に曲げた爪を保の背中に突き立てた。背中の肉が抉《えぐ》られるかと思うほどの力の強さは、永久の心を表している。

「もう大丈夫だ。大丈夫。永久くん、永久くん、ぼくがわかるね？」

あれほどの声で叫び続けたら、著しく体力を消耗する。永久はまだ泣くことができないから、感情の発露を悲鳴でしか表現できないのだ。

「ああっ、ああっ、ぎゃあああああああああ……」

「シシシシシ、シーッ……シーッ……永久くん……ぼくだよ。もういいから……」

背中に突き立てた十本の指を、永久は激しく捻《ひね》り始めた。皮膚に喰《く》い込む痛みと共に、保は、少年が自分を認識できたことを知る。すると今度は金子のことが心配になった。暗い室内に人影はない。それでも金子は自閉症があるため、外へ飛び出すことはできないはずだ。永久の叫声は次第に収まり、激しい呼吸に取って代わった。胸に押し当てた頭を解放して、少年の頭を肩に誘う。その時初めて、保はデスクの下に人影を見た。耳元で聞こえる呼吸は浅く、しゃくりあげるように忙《せわ》しない。永久の小さな心臓が打つ鼓動を、保は自分の胸で数え続けた。

「ぼくらだけにしてくれませんか？　少しの間」

入口に立ちすくんでいるスタッフに頼んだ。

「廊下にいてもらってかまいませんから。何かあったら声を掛けます」

互いに顔を見合わせてから、二名は静かにドアを閉めた。

「いい子だね、いい子だ。もう大丈夫、ぼくがいるよ。永久くんを独りにはしないから。呼吸をしよう、ゆっくり、ゆっくり……そうだ……いい子だ……」

永久は静かに呼吸をしたが、吸い込もうとすると、またもや鼓動が速くなる。今、少年は頭の中で、おぞましくも恐ろしい地獄の絵と闘っているのだと保は思った。

「いいんだ、いいよ、ゆっくりでいいから。ずっとここに、ぼくがいるから」

デスクの下で、金子は丸い尻を少しずつ動かし、やがて怯《おび》えた目を保に向けた。保は彼に頷《うなず》いて、永久と目を合わさなくて済むように、静かに体を反転させた。これで金子には永久の背中と自分の顔が見えるだけだ。金子は他人を直視しないが、目の端で自分を捉《とら》えているのがわかったので、保はニッコリ微笑んでみた。

なぜこんな状態になったのか、説明を求めても無駄なことはわかっている。けれど金子は事態を理解できているはずだ。なぜなら彼は発作を起こしていないから。

「もう一度呼吸してみよう。ゆっくり吸って……ゆっくり吐いて……」

背中を苛《さいな》む指の力に注意を向けつつ、永久のケアをしていると、金子はそろそろとデスクを抜け出して来て、床に落ちていた画用紙をひったくった。

以前に自分が描いた絵を裏返し、そこに何かを描き始める。憑《つ》かれたように鉛筆を走らせる金子のそばに、USBメモリが落ちている。永久の呼吸と、金子が鉛筆を走らせる音、よしよしと永久を宥《なだ》める保の手、あとはモーターの音だけが室内に響いて十数分後、突然、永久がくずおれた。激しい発作を起こした後に、人の体は脱力する。心も力も考えもすべて、永久は出し切ってしまったのだ。保の背中に十本指の痣《あざ》を残して、エネルギーが尽きたのだ。

「大丈夫？」

優しく訊《き》くと、永久は挑むような眼を保に向けた。感情の発露は止まったが、心は壊れたままらしい。ここで一体何があったか、それを言う気もないのだろう。

その時だった。激しく鉛筆を動かしていた金子が、珍しくも自分から言葉を発した。

「これ……」

保でも永久でもなく、床を見つめて金子は言った。

「……これ……」

二度同じことを言いながら、画用紙を宙に差し出してくる。

「なんだい？」

問いかけたのは保だったが、電光石火の早業でそれをひったくったのは永久だった。永久は画用紙を破こうとし、そしてピタリと動作を止めた。保とお揃いの丸メガネの奥で、瞳《ひとみ》が青く発光している。永久は画用紙の裏側を見つめ、それから、「ミク」と、金子に言った。

事態が把握できないとでもいうように、ゆっくり首を左右に振って、それからもう一度画用紙を眺め、床に落ちたUSBメモリに目をやった。

金子は顔を上げようとしない。叱られた犬のように床に伏せ、永久からも、保からも目を背けている。

いったいこれはなんだろう。

保はそう思ったけれど、黙って二人を観察していた。それぞれに異なった特質を持つ二人の中で、何かがゆっくり変化していく。永久は画用紙を持ったまま、ゆらりと立ち上がって、USBメモリを拾いに行った。手の中のそれを見下ろしながら、唇を噛《か》んで考えていたが、やがて金子に目を向けた。

「そういうこと？」

金子はまったく動かない。

「……ミク、あのね……あのね……ミク……」

永久は唇を歪《ゆが》めて言った。色白な顔が真っ赤になっている。

「あ……あり……ありがとう。それで、あの、ぼく……」

体を二つ折りにして、永久がこれ程深く頭を下げるのを、保はこの時初めて見た。ありがとうは覚えたものの、不完全恐怖という強迫性障害を持つ永久は、ごめんなさいを言うことができない。ごめんなさいは反省の言葉であり、自分の非を認めることは、永久にとって死にも等しい恐怖だからだ。それでもこれは『ごめんなさい』ではないのだろうか。永久はメモリをポケットに仕舞い、真っ直ぐ保の目を見て言った。

「影人間を見つけたんだよ。ぼくと、ミクとで」

永久が保に向けた画用紙には、男二人と女一人の顔がつぶさにスケッチされていた。

「ゆう……れい……その人……幽霊」

床に向けて金子が呟《つぶや》く。そのとたん、保は二人の間に起きた事の大まかな流れを理解した。二人は初めて衝突し、それを乗り越えたのだろう。

「全員は無理だった。でも、タモツがコンタクトレンズを作ってくれたら、ぼくはもっとモニターを見られるし、ミクがスケッチしてくれる」

得意満面で差し出してきたのは、幽霊や妖怪《ようかい》ではなく、どう見ても人間の似顔絵だ。二人は白衣を着ているし、一人はスタッフ用の運動着を身に着けている。保は画用紙を受け取って、

「すごいぞ永久くん」

と、心から褒めた。

「すごい。金子君も、ありがとう」

それはともかく、この場で影人間の検証をするのは危険すぎる。保は画用紙をくるくる丸め、立ち上がってメガネを掛け直した。それから永久を見下ろして、

「話を聞かせてくれないか。ぼくたちの部屋で」

と、手を差し出した。永久は素直にその手を握り、

「じゃあね。ミク。また明日《あした》」

と、金子に言った。かなりのダメージを受けたのか、金子は床に伏したまま動かない。保は廊下のスタッフを呼んだ。

「二人とも落ち着いたようなので、とりあえず永久くんを連れて戻ります。金子君に

もし何かあれば、いつでもぼくを呼んで下さい。お騒がせしました」

金子を世話するスタッフは、ざっと室内を見回してから、金子のそばに行って屈《かが》んだ。床に這《は》いつくばるようにして金子の顔を覗《のぞ》き込み、手足に怪我がないのを確認してから、「わかりました」と保に答える。

「ですが念の為、今夜にでも往診してもらえませんか。彼のモニターがスリープしているなんて、とにかく初めてのことなので」

「もちろんです。来てみましょう」

永久とつないだ手を離さずに、保は二名のスタッフに答えた。特殊な人間に慣れているはずのスタッフが奇異なものを見る目で永久を見下ろし、これ見よがしにため息をつく。保は守るように永久の手を引いて、金子の部屋を後にした。


サーモスタットを人肌に設定した矯正用カウチに永久を横たえ、保はロビーへホットミルクを取りに行った。センターのロビーには喫茶や食事のコーナーがあり、なんでも好きなものを注文できる。金子の部屋で永久が拾ったUSBメモリが気に掛かっていたものの、話を聞くのは、永久がもう少し落ち着いてからにしようと考える。それよりも、二人が見つけた影人間について、不穏な考えが胸の裏側を侵蝕《しんしょく》していた。

悩みながら階段を上がったので、危うくミルクをこぼしそうになる。喫茶コーナーの職員が気の利く人で、カップに蓋《ふた》をしてくれていたので助かった。

永久にホットミルクを飲ませてから、少し眠るよう促すと、

「ねえ、タモツ」

永久は優しげな声を出した。

初めて聞く声色だった。永久は頭がよく、相手の表情を読むことに長《た》けていて、相手が欲しがる声色や、欲しがる言葉、欲しがる態度を演じ分ける。けれどこの時の声には偽りのない子供らしさが透けていた。

「ミクとケンカしたと思ったんだ。やっと影人間を見つけたのに、写真をコピーしてもらおうとしたら、ミクが、ぼくの手を振り払ったの」

とても辛《つら》そうな声で言う。空になったミルクのカップを受け取って、保は永久の隣に腰を下ろした。メガネを外して、汗に濡《ぬ》れた前髪を掻《か》き上げてやる。永久は真っ直ぐに保を見上げてきたが、素直に目を見て来るのも初めてだった。

「拒絶されたと思ったんだね？　金子君に」

永久はコクンと頷《うなず》いた。

「でも、そうじゃなかった。ミクは絵にしてくれたんだもの」

「もしかすると、コピーでセンターのメインシステムに反応が出るようになっていて、金子君はそれを知っていたのかもしれないよ。彼は言葉を喋《しゃべ》らないけど、頭脳はとても優秀なんだ。永久くんも知っているとおり」

「うん。それか……さ」

永久はそこで言葉を切って、何事か思うように視線を上げた。

「それか、なんだい？」

「何でもないや」

と、永久は答えた。

「影人間を三人見つけた。明日は残りを見つけるよ」

「ねえ、永久くん」

慎重に言葉を選びながら、保は永久を見下ろした。

この子に嘘を吐《つ》いてはいけない。嘘の匂いをすぐ嗅《か》ぎ分けて、自分が蚊帳《かや》の外に置かれたと感じてしまうから。けれど影人間を探ることは、とてつもない危険を孕《はら》んでいるのではないだろうか。保はそれを恐れていた。万全のセキュリティを誇るこの施設に、もし、怪しげな人物が入り込んでいるならば、金子が自分に伝えようとしたのがそのことならば、永久も、金子も、もちろん自分も安全ではない。

保はしばし考えてから、

「秘密を分け合うことにしようか？」

と、永久に訊《たず》ねた。

「秘密って？　秘密を分け合うってどういうこと？」

「影人間のことは秘密にするんだ。他の人に知られたらダメだ。喋ってもいけない。センターのどこでも。そうだな……とりあえずこの部屋以外では、絶対に。ここでだけは……」

保はそこで言葉を切って、監視カメラの死角に入った。

「内緒の会話ができるように工夫するから」

永久は即座に声を落とした。寝言のような呟き声だ。こういうところが永久の凄《すご》さであり、怖さでもある。少年は無邪気な表情を変えぬままカウチに体を丸めると、保に背中を向けて訊《き》いてきた。

「それってぼくとタモツだけの秘密なの？　ミクはどうする？」

「金子君も仲間だよ。影人間のことを教えてくれたのは彼なんだから。でも、今日のことでスタッフが金子君に注目するかもしれないから、余計にね、永久くんやぼくの言葉や態度で、影人間を探していると気付かれないようにしたいんだ」

「じゃあどうする？　残りの影人間を探すとき」

「永久くんは、金子君と心で通じ合えるよね？　だから、たとえば永久くんがモニターを見たいと言えば、影人間という言葉を使わなくたって、金子君は影人間を探すとわかるよね？」

言いながら、永久にブランケットを掛けてやる。

「スパイ映画の主人公みたいだね。わかると思う。ぼくとミクなら」

「じゃあ、そうしよう。ぼくが心配しているのはね、もしも影人間を探していることが影人間に知られてしまったら、彼らは永久くんや金子君に悪さをするんじゃないかということ」

「襲って来るの？」

「かもね」

真剣な眼差《まなざ》しで、保は永久を見下ろした。少年が背中で呟《つぶや》く。

「襲って来たらどうなる？　ぼくらも影人間にされちゃうの？」

そんな程度では済まないだろう。

「いや、本当に。ねえ永久くん、ぼくはきみが大切なんだよ。もちろん金子君のことも。だから……」

「ぼくが大切？　ねえ、タモツ」

「そうだよもちろん。とても大切に思っているよ」

永久はクルリと顔を向け、小鼻の脇に皺《しわ》を寄せて笑った。顔の下半分をブランケットで隠している。

「わかった。誰にも秘密にする。でもさ、比奈子お姉ちゃんは？　死神博士は？　二人はぼくらの仲間だよね？　あとスサナ」

永久はそこで言葉を切って、

「は、ちょっと違うかもしれない」

と、独り言のように呟いた。その手が動いてポケットのほうへ伸びたのを、保は目の端で捉《とら》えていた。何事か思案してから永久は続ける。

「こないだ影刻の本をもらったときに、お姉ちゃんと死神博士も影人間の絵を見てたよね。タモツの部屋で。そうでしょう」

「そうだよ」

「じゃ、あの二人は仲間だね？」

「そうだ。二人はぼくらの大切な仲間だ。でも、相手が誰であっても、影人間のことはこの部屋以外で話さない。いいかい？　それは守ること。約束できるね？」

「わかった。うん。わかった」

「なら、ぼくの話はこれで終わりだ。少し眠って。たくさん叫んで疲れたろう？」

永久は素直に目を閉じたが、すぐに目を開けて悪戯《いたずら》っぽく笑った。

「無理。今ので目が冴《さ》えちゃった。ぼく、彫刻をする」

言うなりブランケットを剝《は》いでカウチを飛び降り、自分の机に座ってしまった。彫刻の本を広げると、海洋生物学者からせしめたセイウチの牙《きば》を削り始める。以前はボディファームから持ち帰った人間の大腿骨《だいたいこつ》を削っていたが、骨は亡くなった人物のものだからアクセサリーに加工してはいけないと、比奈子に戒められたのだ。セイウチの牙は虫歯になって抜かれたもので、保が永久のために手に入れたのだった。

「仕方がないな。でも、あまり疲れる前に休むんだよ？」

保は永久を部屋に残して、カウンセリングルームへ出て行った。

自分のパソコンを立ち上げて、中途半端に終わったスケジュールを確認しながら、丸めた画用紙を横目で眺める。金子の似顔絵は鮮明すぎて、監視カメラがあるのを承知で広げることはできない。筒状にした紙の内側には、三十代前後と思《おぼ》しきトレーニングウエアの男、線の細い四十代男、彼と同年代と思しき外国人の女が描かれている。トレーニングウエアの男はともかく、白衣の二人は脳科学者だ。二人の影人間は、培養液に浸されたカリフラワーのような脳みそと一緒に描かれていたのだから。

丸めた画用紙とパソコンを交互に見つめることしばし、保はメールソフトを立ち上げた。先手を打つなら、まさしく今がチャンスのはずだ。永久が金子の部屋で起こした騒ぎはセンターの管理室にも届いているから、このメールが影人間に関するものだと怪しまれることはない。保は眉間《みけん》に縦皺を寄せ、高速でキーを叩《たた》いた。

――宛先《あてさき》：石上妙子教授　件名：ご相談

石上先生。たいへんご無沙汰《ぶさた》しておりますがお元気でしょうか。児玉永久君のことで緊急にご相談させて頂きたいことがあり、ご多忙は承知で面会にお越し願いたく。お返事をお待ちしております。TAMOTSU――

送信ボタンを押してから、例の画用紙をデスクに隠す。

随分と、遠くへ来てしまったような気がした。デスクに散らかった書籍を片付け、飾ってあるフォトフレームを手に取った。そこには写真ではなく、イチゴキャンディの包み紙が飾られている。

すべてはここから始まったのだ。キャンディを喉《のど》に詰め込まれ、泣くこともできずに殺された少女。その無念を晴らすためには、二度とこんな犯罪を起こさないためには、被害者ではなく加害者を統制する必要があると思った。

自分が何を犯そうとしているのかを犯罪者予備軍に知ってもらうこと。彼らの闇を光で照らして、怒りや憎しみや哀しみを残虐行為に置き換えるのを止めさせなければならないと。あれから数年。自分は今、センター《ここ》にいる。

「ごめん。ぼくは、相変わらず無力だね」

保は包み紙に謝った。かわいらしいピンクの紙に、保はいつも死んだ少女の顔を見る。カバーガラスに映るのは自分だというのに、少女はいつも悲しげだ。

ピロポン！　と音がして、モニターにメール受信のバナーが浮かぶ。

――件名：Re：ご相談　送信者：石上妙子教授　宛先：TAMOTSU
わかった。また連絡する。取り急ぎ　石上――

いつも通りの簡潔すぎる返信に、ガラスに映る少女が笑う。

保はパソコンの電源を落とし、次のカウンセリングを始めることにした。

第四章　人捨て場の遺骨

保が死神女史にメールした頃、八王子西署の講堂で捜査本部の設営準備が始まっていた。帳場と呼ばれる捜査本部が所轄に立つと、応援として警視庁本部の敏腕捜査員が送られてくる。捜査員らは担当部署に分かれて捜査を開始、このとき部門別に集まる机を島と呼ぶ。昼夜分かたぬ捜査になるので、仮眠の場所も必要になる。講堂にはテーブルや椅子が運び込まれて、パソコン、電話、ＯＡ機器、模造紙とホワイトボード、さらに飲食の準備も整えられる。

八王子西署に捜査本部が立ち上がったことは以前もあって、当時新人刑事だった比奈子は、菓子や夜食など、もっぱら食料の手配に奔走したものだった。ようやく後輩を持つ身になったとはいえ、過酷な現場で捜査員の士気を上げるもののひとつが食事であり、そこは手を抜くことができない。今回も、比奈子はガンさんから食料の手配を命じられていた。

「御子柴君」

ザワザワと忙しい講堂で、機器のケーブルをつないでいた御子柴を呼んで、比奈子は彼にメモ用紙を手渡した。

「あとで買い出しに行って来て。太鼓焼きは佐和さんに電話してあるし、お茶はリカーキングが安いから。梅干しを買うときは種抜きのをお願いね。捜査は疲弊するから、売れ行きがいいの。可能なら四パック欲しいんだけど」

「えぇー」

ワイシャツ姿で奮闘していた御子柴は、あからさまに厭《いや》そうな顔を比奈子に向けた。

「それって、ぼくが行かないとダメですか？　藤堂先輩の方が適任だと思うんだけど。ほら、ぼくだったらOA機器の設置とか、できることがたくさんあるし……」

「これは指示待ち刑事の通過儀礼よ。お茶とかおにぎりとかお菓子とか、地域のみなさんに協力してもらうからこそ拾える情報もあるんだし、顔を覚えてもらわないと」

「でも、安いお茶買うためにスーパー何軒も回るなんて、チョー面倒《めんど》いじゃないですか。刑事は暇な主婦とは違うんですよ」

「走って行けばいいじゃない。それに、主婦が暇だというのは偏見よ。なんなら署の自転車を借りて……」

比奈子が説明していると、片岡が飛んで来て御子柴の尻《しり》を蹴《け》り飛ばした。

「グダグダ言ってねえで早く行け。先輩刑事の頼みをなんだと思ってやがるんだ」

「痛いじゃないですか、パワハラですよ」

「んだと、ごるぁ！　本当のパワハラってヤツを拝みたいか、ああ？　あ？」

片岡がゲンコツを振り上げたので、

「行きます行きます」

と、御子柴は比奈子のメモをひったくり、上着を拾って逃げ出した。

「あ、ちょっと御子柴君、ちゃんと領収証をもらって来てね。それがないと自腹になるわよ！　聞こえてる？」

忠告が聞こえたのかどうなのか、御子柴は脱兎《だつと》のごとく消えていた。

「ったく、文句だけは一人前に言いやがって。藤堂も藤堂だ、もっとビシバシしごいてやれや。今のうちに刑事のノウハウを身に付けておかねえと、あいつは自分を守れねえぞ？　こっから先は長いんだ」

「でも、蹴り倒すのは違うと思います」

ため息混じりに比奈子が言うと、片岡は「けっ」と笑った。

「おまえも、ちったぁ刑事の顔になってきたじゃねえか。ついこの間まで現場でゲロを吐きまくっていたくせによ」

「褒めてます？」

「どうかな。骨の髄まで刑事になっちまう前に男を見つけなきゃ、もらい手がなくなるぞって、俺はそっちを心配してやってんだ」

「そういうのはセクハラって言うんですよ」

「口ばっかり達者になったのは藤堂も同じだな。こわいこわい」

片岡は笑いながら背中を向けて、また作業に戻って行った。フォローしてくれたのはわかるけど、もう少しなんとかならないものかと、比奈子は密《ひそ》かにため息をつく。お茶番と書類整理ばかりの指示待ち刑事を卒業したら、今度は結婚の心配をされるなんて、警察ってところはどこまで男社会なんだろう。

そうして比奈子は、自分が御子柴の立場であった頃、性犯罪の被害者に寄り添える女性警察官になりたかったことを思い出した。希望に燃えて厚田班に来て、書類業務の合間に過去の未解決事件を必死に暗記したことや、速記代わりにイラストでメモする技術を身につけたこと、それらがきっかけで現場に出してもらえたことや、のっけから猟奇事件に遭遇し、今では八王子西署の猟奇犯罪者ホイホイと呼ばれるようになってしまったことも。

ポケットに手を入れて、母の形見の七味缶を握りしめてみる。刑事になったばかりの頃は、ことあるごとに握りしめ、勇気をもらった缶だった。いつしかこれを握ることも少なくなって、七味の消費量も若干減った。あの頃と、自分は何が変わったのだろう。進めたろうか、それとも、慣れることで失ったものがあるのだろうか。刑事を志した頃の情熱は、今も胸に燃えているのか。私は……

講堂内部を見回して、比奈子は、仮眠用の毛布をお日様に干しておこうと倉庫へ向かった。

帳場の準備が整うと、警視庁捜査一課の川本課長の命令で、田中管理官率いる捜査員たちが送り込まれてきた。所轄の刑事は概《おおむ》ね本庁の捜査員とバディを組むが、八王子西署管内に明るい東海林もその中にいて、比奈子らの島へやって来た。

当該事件の戒名は『〇〇町廃ビルに於《お》ける男性二名殺人事件』と決まり、『日本橋再開発区域に於ける男性三名魔法円殺人事件』との関連を視野に入れながら捜査を進めることになった。

第一回の捜査会議では、被害者の身元割り出しを最優先として班分けが成された。厚田班は地取り鑑取り捜査を命じられ、御子柴と清水はパソコンを用いた情報収集に、片岡と倉島は被害者の写真を持って聞き込みに、比奈子はガンさんと共に寄居土建の周辺捜査に回された。地取り捜査は主に現場周辺の聞き込みを、鑑取り捜査は人間関係の洗い出しを指す。

捜査会議が終了すると、片岡は、ビルのオーナーを足がかりにするため倉島を連れて出ていった。比奈子はガンさんを東大へ送りがてら寄居土建の周辺捜査に向かったが、なぜか東海林がついてきた。

署を出る寸前、スマホに三木から着信があった。

「どうも。昨日はお忙しいなか、私どもの結婚披露宴に参列して頂きありがとうございました。藤堂刑事らの引き出物一式は、月岡君に届けて頂くことになっておりましたが、無事お手元に届きましたかな？」

結婚式は昨日のことだったのかと、比奈子は目をパチクリさせた。

事件が起きるといつもこうなるが、凄《すさ》まじい速度で時間が過ぎて、つい数分前が遠い昔に思われる。中座した比奈子らの荷物は確かに真紀が持ち帰ってくれたが、慌ただしくて更衣室のロッカーに置きっぱなしになっている。

「こっちこそ、おひらきまで居られなくてごめんなさい」

東海林とガンさんを追って走りながら、比奈子は言った。

「ときに、八王子西署管内で猟奇事件が起きたと聞きましたが、確かでしょうか？」

「どうしてそれを？　ていうか、三木捜査官は今、新婚旅行中ですよね？」

「いかにも左様で」

「なんで電話してきてるんですか。麗華さんは？」

「近くにおりますな。夫婦ですから」

三木は『夫婦』の部分に力を込めた。

「こう言ってはなんですが、我が妻は、その魅力を最大限に活《い》かすのに、毎度二時間程度掛かるのですな。で、警察官の性《さが》とでも申しましょうか、猟奇事件が起きたと聞いては居ても立ってもいられませんで、つい、あれこれと詮索《せんさく》してしまうのですよ」

比奈子はついに足を止めた。少し先で東海林とガンさんも振り返る。

「三木捜査官からです」

と、比奈子は二人に説明した。

「ちょっと小耳に挟んだところ、寄居土建が絡む現場で猟奇遺体が見つかったとか」

「そうです。帳場が立って、今から寄居土建の周辺捜査に……」

東海林が近寄ってきて、スマホに耳を近づけた。

「ほほう。ではでは。こちらもネタが拾えるか、気にしてみることに致しましょう」

「致しましょうって、三木さん、今どこにいるんすか」

横から東海林がスマホに訊《き》いた。

ハワイとか、タヒチとかの答えが返ってくると思ったが、三木はしれしれと、

「どこって、ここはアキバです」と、答えた。

「アキバって？　東京の秋葉原《あきはばら》のことですか？」比奈子が訊《たず》ねる。

「そうですがなにか」

当然だろうというように、三木の鼻息がスマホを打った。

「なんで？　新婚旅行は？」

「しております」

「アキバで、っすか？　え？　なんで？」

東海林の声に、ガンさんも戻って来た。

「ガンさん聞いて下さいよ。三木さん、アキバで新婚旅行してるっつーんすよ」

ガンさんは眉根《まゆね》を寄せただけだった。

「我らが結婚した暁には、アキバから東京ビッグサイトに至る各所に於《お》いて、オタクが集まる場所のゴミ拾いと清掃をして回ろうと、これは二人の決定事項だったので

す」

「比奈子さん？　麗華です。私たち、サイコーの新婚旅行をしておりますの」

横から麗華の声がする。一体どういうことなのか、比奈子はサッパリわからない。

「なんとなれば、私と麗華さんのなれそめは、東京ビッグサイトで開催されたコミックマーケットであり、我らは永遠の伴侶《はんりょ》を射止める代わりに、オタクの風上にもおけぬ大罪を犯してしまったからなのです」

「二人で話し合って決めたんですの。新婚旅行はお掃除行脚を致しましょうって。せめて、ですわ。わたくしたちは、許されない罪を犯したのですから」

スマホに耳を傾けていた東海林は、比奈子と顔を見合わせた。

「なんすか、その、許されざる罪ってのは？」

三木は深く息を吸い、声を震わせて懺悔《ざんげ》した。

「コミケに徹夜で並んだのです。深夜の場所取りは悪魔の所業であるにも拘《かか》わらず、私は、麗華さんのことが心配すぎて、初めは物陰から、のちには……くっ……」

「ああダーリン、すべては私のせいですわ。もう自分を責めるのはおやめになって」

「……あほくさ……」

東海林はさっさとスマホから離れ、

「行くぞ、藤堂」

と、ガンさんを連れて駐車場へ向かう。比奈子も慌てて後を追った。

「つまりはそういうわけですから、新婚旅行中ではありますが都内におります。こちらも何かあったら連絡しますが、そちらも情報を流してくれれば嬉《うれ》しいですな。もちろんこれは民間人としての協力ですが。我らは『新婚旅行』の最中ですから」

だらしなく笑ってから、三木は電話を切ってしまった。

コミケに徹夜で並ぶことはオタクの大罪。そんな事情を比奈子は知らないが、いずれにしても、二人らしいとは思う。SNSを覗《のぞ》いてみれば、ゴルゴ13と太ったメーテルが仲良く掃除する姿が発信されているのだろうか。

世界中の人がみんな二人のようだったなら、こんな酷《ひど》い事件は起きないだろうに。けれど実際はそうでなく、さらに衝撃的な事実が待っていた。

「こちら千葉県警生活安全部の友部《ともべ》と申します」

東大へ向かう車の中で、ガンさんに掛かってきた電話の声を比奈子は聞いた。

「八王子西署へ掛けたらこちらの番号を教えられまして……実は、少しお伺いしたいことがあってお電話しました」

ガンさんは助手席から、道沿いのコンビニへ車を止めるよう東海林に指示した。本来ならば一番目下の比奈子が運転する役なのだが、女の運転は右足がつると言って、東海林はいつも運転を買って出る。車を止めてエンジンを切ると、相手の声はさらに聞こえた。年齢のわりに甲高い声だったからだ。

「二ヶ月ほど前にそちらの署が関わった事件について、厚田警部補が担当責任者だと伺ったものですから」

東海林は比奈子を振り向いて、首を竦《すく》めた。

「どの事件のことですかねえ?」

ガンさんが聞くと、

「産婦人科病院で、人体実験に使われたと思《おぼ》しき人骨が見つかった事件です」

と、相手は答えた。話が長くなりそうだと踏んだのか、ガンさんは比奈子に目配《めくば》せをした。コンビニの駐車場を無断で拝借するのはよくないから、何か買って来てくれというのである。ポケットに手を突っ込んで財布をまさぐるガンさんに手を上げて、比奈子はひとりコンビニへ向かった。店内から様子を見つつ、大急ぎで缶コーヒー三本とペパーミントガムを買う。レジで精算を済ませた頃に、ちょうどガンさんがスマホを切った。車へ戻ると、ガンさんは比奈子に、

「行き先変更だ。千葉へ向かうぞ」

と、言った。東海林はすでにエンジンを掛けている。

「千葉警察署へですか？　どうして」

「ちゃうちゃう。行くのは警察署じゃなく木更津《きさらづ》だって。木更津の山ん中」

「牧場跡地で人骨が出たから、見に来てほしいというんだよ」

「人骨ですか」

比奈子は自分の缶コーヒーを一本取ると、残りを袋ごとガンさんに渡した。ガンさんはガムをポケットに入れてドリンクホルダーに東海林のコーヒーを置き、自分の分をひとくち飲んで、唸《うな》るように言った。

「地下から骨が出ること自体はさして珍しくもねえんだが……都内は特に、大昔に人捨て場だったところが多くてな、でかい工事で掘り返すと、ザクザク出てくるって話は聞くが」

「え、それ、本当の話ですか？」

「本当だよ。取り立てて騒ぎもしないから知らないだけだ。風葬地というか、墓にするまでもなく野ざらしになってた遺骨がな、あっちこっちに」

「でも、千葉のはそういうこっちゃないんすよね？」

赤信号で車を止めて、東海林も缶コーヒーのプルタブを開ける。

「どういう話なんですか？　千葉県警の生活安全部って聞こえましたけど」

「木更津の牧場跡地が売却されて、調査中に重機が人骨を掘り当てたって話らしいや。それも一人や二人じゃない。警察に連絡が行って、当面飛んでいかされたのが、生活安全部だったってことだな」

「トータルな窓口っすからね。殺人事件じゃないつーことなんすかね？」

「十体を優に超える人骨で、遺留品もないことから、初めは殺人ではなく人捨て場だったと思ったようだが」

「埋められたとき全裸だった。つーか、それか古すぎて骨以外残ってない？」

「墓地だったんでしょうか。すごく昔の？」

「ん……」

ガンさんは思案げに唸ると、前方を睨《にら》んでコーヒーを飲んだ。

「なにぶん数が多いから、現場にテントを建ててそこに並べているそうだがな。専門家を呼んで確認してもらったところ、大昔の骨でもないらしい。詳しい調査はこれからだそうだが」

「はあ？　どういうことすか」

東海林は呟《つぶや》きながらハンドルを切った。

「どうしてガンさんに電話が来たんですか？」

後部座席で比奈子が訊《き》くと、ガンさんはクルリと比奈子を振り向いた。

「異常な骨が混じっていたからだよ。俺たちが奇形化した遺骨を追っていた話を聞いて、現物を見て感想を聞かせて欲しいと言ってきたんだ」

「奇形化した骨……」

「そうだ」

頷《うなず》くガンさんの目が光を帯びるのを見て、比奈子は久々に缶コーヒーに七味を入れた。甘くて熱い缶コーヒーに、山椒《さんしょう》の香りと喉《のど》を刺す刺激が加わって、刑事魂が沸き立ってくる。比奈子に力を与える魔法の味だ。

「人体実験をしていた我孫子《あびこ》が、硫酸プールだけじゃなく、他にも遺体を捨てていたってことなのでしょうか」

「わからん。とにかく行ってみないことにはな」

ガンさんはひと言答えて沈黙してしまった。東海林も唇を引き結んでいる。

ひとまずの解決を見た事件にもしも、さらなる被害者がいたとするなら……

事態を想像できなくて、比奈子の思考は停止した。

犯人の我孫子は、胚《はい》やゲノムを操作して、軍事に応用できる新人類を創ろうとしていた。だから、見つかった遺体はほぼすべて、狂気の人体実験の被害者だった。中には故意に変異させられた遺骨が混じっていて、比奈子らは恐怖に打ちのめされた。

一見SFチックで荒唐無稽《むけい》と思えた犯行動機を、死神女史は素直に受け入れ、それがまた比奈子らを震撼《しんかん》させた。とうに科学がその域に達していたことを、まざまざと思い知らされたのだ。我孫子は死んだが、彼だけが研究者だったわけではない。

だからこそ、こんな事態に直面すると魂が凍える。手も足も出ないまま、凍結した荒野に投げ出された気分になるのだ。

八王子から木更津までは二時間足らずの道のりだ。比奈子はガンさんの代わりに電話をかけて、死神女史に遅れると伝えた。果樹園と畑に囲まれた農道のような細道を、複雑に折れ曲がりながら現場に着いたのは、午前十一時になろうという頃だった。こんな細道の先に広大な牧場があるのだろうかと思ったが、道の先で視界が拓《ひら》け、舗装すらしていない畑の中に夥《おびただ》しい警察車両が集まっていた。

千葉県警はこちらの到着を待っていたらしく、入って行くと中年の男が一人駆けてきた。ウインドウを開けた東海林に会釈して、奥へ車を誘導してくれる。車を駐《と》めると、ガンさんが助手席を下りるのを待って名刺を出した。

「千葉県警生活安全部総括顧問の友部です。お忙しいところをお呼び立てしまして」

ガンさんも名刺を渡し、東海林と比奈子を紹介した。

「いやいやいや、捜査一課の方がご一緒とは」

東海林には特に羨望《せんぼう》の眼差《まなざ》しを向ける。警視庁捜査一課が胸に付ける赤バッジは、やはり眩《まぶ》しく見えるらしい。当の東海林はいつもの調子で、

「んで、たくさんの骨が出たってのは、どこなんすか？」

と、友部に訊《い》いた。ガンさんの部下であった頃の方が、ガンさんに気を遣ってか、もう少しマシな話し方だったようにも思う。

友部は四十代後半で、身長も体つきもこぢんまりしている。黒い長靴に作業着姿、帽子にメガネの出で立ちは、刑事というより果樹園の剪定《せんてい》に来た人のようだ。警察官特有のオーラがまったくないところは清水に似ている。

「こっちです。いやいや驚きましてねえ、そうしたら、八王子西署管内でも、同様の人骨が見つかった事件を扱っていたと聞いたものですから。急遽《きゅうきょ》、鑑識の他に刑事部にも来てもらったんですが」

警察車両の間を抜けて行くと、プレハブ仕様の建物があって、突然景色が拓《ひら》けてい

た。樹木が刈られた敷地は広く、なだらかな丘陵の先に東京湾が一望できる。友部によると、敷地は優に三千坪以上もあるという。

「ここはもとから牧場でして……まあ、風の強い土地なので、他に用途もないのかもしれませんがね、木更津市の第三セクターが借り受けて、道の駅なんかで売る乳製品を作っていました。ところが、ここへ来て持ち主が土地を手放すことにしたようで、施設を壊して契約を解消するか、いっそのこと買い取ってしまうか、調査中に人骨が見つかったというわけです」

「こんなとんでもなく広い場所、なんの調査で地面を掘ったっていうんすか？」

訊かれて友部は東海林を見上げた。

「ここから少し下がった場所に天然温泉が湧いてましてね。そっちの調査だったようなんです。ご覧の通りロケーションがいいもので、安く買えるなら御の字ですから」

「なるほどな。で、温泉ではなく、人骨を掘り当てた……か……」

ガンさんの行く先には大勢の警察官がいる。彼らの近くにはテントが張られ、テントの下にブルーシートが敷かれていた。丘陵には小型重機があって、青々と茂る牧草地を茶色く抉《えぐ》っている最中だ。放牧された牛たちは一塊になって草を食《は》む。人骨や人間に興味はないらしく、丘ひとつ越えたあたりにいる。

「どうもどうも、お疲れ様です」

そう言って、別の警察官が寄って来た。検視官のようである。彼もガンさんに名刺を渡し、比奈子と東海林に白手袋をくれた。

「検視官の鉾田《ほこた》です。いやあ……驚きましたよ。農場から数百人分の遺体が出たとか、海外ニュースではありましたけど、まさか日本の、こんな田舎で、同じような事が起きるとは」

そのニュースなら比奈子も知っている。メキシコの農場で二百人以上の遺体が発見されたという事件だ。被害者らは麻薬犯罪に巻き込まれたらしく、百箇所以上に分けて埋められていたが、行方がわかっていない人たちはさらに多いという。

「こっちです。ちょっと見てやってもらえませんか」

友部と検視官に誘われ、比奈子らはテントに向かった。敷かれたブルーシートに遺骨が並び、鑑識がデータを取っている。ほぼすべてのパーツが揃っているものもあるのだが、頭だけ、下顎《したあご》だけ、大腿骨《だいたいこつ》だけのものもある。破片も多く、細かすぎるものは泥ごと箱に入れられている。大腿骨の数だけ見ても十体以上はありそうだ。

「千葉大学に依頼して検査してもらうことになっていますが、骨はまだ出そうです。ええと……こっちへ」

作業する警察官らの邪魔をしないよう注意して、友部はガンさんを手招いていく。夥しい骨の奥には白衣を着た人物がいて、屈《かが》んで一心に何かを見ていた。

「先生、こちらは警視庁八王子西署の厚田警部補です」

顔を上げたのは三十代後半の男性で、ガンさんと東海林を見上げて「どうも」と言った。無精髭《ぶしょうひげ》で、伸びきった天然パーマの髪はボサボサ、眉《まゆ》が太く、ギョロリと大きな目をしている。

「千葉大の宗像《むなかた》です」

そのまま彼は骨を見ている。遺骨というよりミイラのような形状だ。溶けたチーズ状の薄い骨が、骨格にへばりついて固まっているのだ。

「宗像先生は法医人類学の研究者ですよ。骨の専門家というか」

鉾田検視官が補足する。が、比奈子らは一様に骨を見ていた。

「これは」

比奈子は思わず呟いて、ガンさんと東海林の様子を窺《うかが》った。

「進行性コッカイケイ……なんだったかな」

と、ガンさん。

「進行性骨化性線維異形成症ですか？　ＦＯＰと呼ばれている」

「ほう」

　宗像は初めて比奈子を振り仰いだ。

「以前にも見たことが？」

「あります」

　比奈子が答え、ガンさんは友部と鉾田検視官に体を向けた。

「友部刑事が電話で言ってた事件でね。被害者の骨が、やっぱりこんな具合に変形させられていたんですよ」

「変形させられていた？」

　友部もだが、宗像もほぼ同時にそう言った。

「変形させられていたとはどういうことです。FOPを故意に発症させたということ？　まさかね」

「まあ、そのへんは俺より宗像先生の方がお詳しそうだ。何をどうしてどうなったのか、難しいことはわかりませんがね、そういう研究をしていた輩《やから》が、被疑者死亡で書類送検された事件です」

「その骨はどうなりましたか」

「どうだったかな。東海林」

東海林はわずかに首を傾げて、

「死神女史のところじゃねえっすか？　まだ」

と、答える。比奈子は慌てて言い直した。

「東大の法医学部に送られています。石上妙子教授の許《もと》へ」

「ああ石上先生」

「石上教授をご存じなんですか？」

「もちろん。東大の法医学部と千葉大のそれは懇意でね、石上先生に法医学実務を教えた両角教授は、ぼくの恩師でもあるんだよ。もう死んでしまわれたが」

宗像はラテックスをはめた手から泥を叩《たた》き落として立ち上がり、

「そう。石上先生を知っているのか。ならば彼女に話を訊《き》いた方が早いだろう。必要ならサンプルを送って、みてもらってもいいのか……これとは別に、腐食性薬品で溶かされたらしき骨も見つかっているしね」

と、独り言のように呟《つぶや》いた。

「腐食性薬品って、濃硫酸とかですか？」

訊きながら、比奈子らは眉をひそめた。先の事件では、犯人が遺体の処理に濃硫酸を使っていたからだ。

宗像は驚いたように顔を上げ、友部と鉾田検視官は顔を見合わせた。

「FOPだけじゃなく、濃硫酸まで同じとはね。いや、驚いたよ」

「ってえと、その骨は、古いもんじゃないんですかい？」

前のめりになってガンさんが聞く。宗像はラテックスを剝《は》いで鼻をこすった。

「大学へ持ち帰って有機質の減少具合を調べれば、もう少し詳しいことがわかるんだがね。ちなみに、この変異した骨はそう古くない。江戸時代の骨ほどはね」

「殺人の痕跡《こんせき》らしきものが残る骨も見つかっていましてね。まあ、そっちも調べてみないことにはあれですが、刃物の傷がある肋骨《ろっこつ》や鈍器で割られたと思しき頭蓋骨《とうがいこつ》が」

鉾田検視官が唇を歪《ゆが》めて説明する。だからこそ、これ程の騒ぎになっているのだ。

「うちが担当した事件では、変形した骨は富士《ふじ》樹海とかで見つかっています。犯人は遺体を焼却炉で燃やしたりもしていたようですが、その後は遺棄せず硫酸プールで溶かしていました。大の大人じゃなく、被害者はいずれも小さな子供や嬰児《えいじ》でしたが……ただ、奇形の骨が、そんなにあちこちから見つかるとも思えねえんで、そこんところは不思議ですがね」

「その犯人は、すでに死亡しておるんですよな？」

鉾田は眉間《みけん》に縦皺《たてじわ》を刻んで遺骨を見下ろし、

「これが大量殺人の犠牲者だったとわかれば、上を下への大騒ぎになるのは間違いないです。暴力団の抗争がらみか、海外マフィアの仕業なのか、それともその犯人が、生前に犯していた殺人なのか……わからないのは、宗像先生曰《いわ》く乳幼児や赤ん坊らしき骨も混じっているってところでして」

そう言って鉾田は箱に入れられた土を指さした。泥にまみれて骨らしきものが覗《のぞ》いている。

「そんなわけで、そちらへ連絡させてもらったんですが……その事件の詳細を？」

と、ガンさんに訊いた。

「たしかに、乳幼児ってところはクサイすね」

東海林が言うと、ガンさんも首をひねり、

「わかりました。上に話して、すぐに捜査資料をお送りしますよ」

と、二人に言った。

「かたじけない」

友部が代表で頭を下げる。

「ちなみに、牧場の持ち主ってえのは誰なんで？　まさか堅気じゃなかったとか、妙な土建屋だったってえことは？」

　広大な敷地を見渡しながらガンさんが訊く。

「第三セクターの管理人が仲介の不動産業者に確認してくれる事になっていますが、まだ調べ中なんですよ。訊いた話では、所有者が亡くなって、相続税を物納したいと遺族が言ってるってことで、怪しい感じはなかったですが」

「温泉は湧きそうなんすか？」

　とぼけたことを東海林が訊くので、友部は苦笑した。

「掘れば温泉が湧くとしてもね、こんなにゴロゴロ骨が出ちゃ、レジャー施設にするのは無理でしょう」

　そういう意味で、物納するのは正しい選択かもと比奈子は思う。相続税の不動産評価額は申告時に決まるというが、今となっては土地の評価額はゼロ以下だろうから。

「それにしても」

　と、ガンさんは言う。

「ここを全部調べるとなると、とんでもなく時間がかかりそうですなあ」

「県警全域に応援要請することになりますか。大昔に墓場だったというならともかく、被害者の遺骨なら、帰りを待っている遺族がいるってことですからね」

「ぼくらも各大学に協力要請して、手分けして調べることになるだろう。東日本大震災の時もそうやって全員の身元調査をしたんだからね。その時の技術が役立つはずだ。そうはいっても、今回の遺骨は黄色人種以外も混じっているようだがね」

「そんなことまでわかるんっすか？」

東海林が訊くと、宗像は頭蓋骨を指さした。

「眼窩《がんか》の形態、あとは歯列弓の形状などでも、人種は概《おおむ》ね想定できる。白人は眼窩がナス状、黄色人種は楕円《だえん》形。歯列弓の形は白人がV字、黄色人種はU字で、黒人はコの字型だ。大腿骨《だいたいこつ》や頭蓋骨は情報を多く持つ。特に頭蓋骨は身元の特定につながる。骨髄液からDNAも検出できるが、DNAは照合するサンプルがなければ個人の特定にはつながらない」

宗像はそこまで喋《しゃべ》ってから、東海林の顔をまじまじ見上げた。

「こんなことぐらいは石上先生に訊くといい。懇意なんだろ？」

「懇意つーか、なんつーか、しょっちゅう会っちゃいますけど、なるべく会いたくない相手というか……」

東海林がまだ喋っているうちに、宗像は次の骨を見に行ってしまった。

「いずれにしても、先《ま》ずは帳場が立たないとですな。えらいことですよ、いや、ほんとうに。いやいや、どうもお忙しいところを、ありがとうございました」

友部は片腕をさっと振り、比奈子らを連れてテントを去った。邪魔にならない場所まで移動して、改めてガンさんの前に立つ。

「あの遺骨ですが、八王子西署で扱った事件と酷似してると思われますか？」

ガンさんは腕組みをして地面を見つめた。それから言葉を選びながら、

「主観で言えば似てますね。刑事の勘で言うならば」

そっくりですとガンさんは答えた。

「酷《ひど》い事件でした。犯人は、最初は誘拐した相手を実験台に、後には受精卵を操作した胎児を手に入れて、新人類を創り出そうとしていたんです」

事件の記憶は生々しい。実験の痕跡は濃硫酸のプールに残されていて、そのおぞましい光景は悪臭の記憶と相まって比奈子の脳裏に貼り付いていた。

「あの骨も、そうやって創られたものだと思うんですね？」

ゆっくりと、ガンさんは首を左右に振った。友部の言葉を否定したわけではなくて、蘇《よみがえ》る記憶を振り払ったのだと比奈子は思った。

「もはや人間じゃねえんです。そういう奴らの頭の中はね」

それからテントの向こうを眺めて、

「犯人は仲間と思《おぼ》しき輩《やから》に襲われ、死亡していますがね、さっきも少し話したように、

ヤツが狙ったのは赤ん坊や受精卵や胎児ばかりで、外国人含め成人を手にかけたとは思えませんや。刃物で人を襲ったり、鈍器で殴ったりするようなタイプじゃない。どちらかといえば神経質な、針と顕微鏡と試験管で罪を犯すような男でした」

「なるほど。でも、犯人を襲ったという仲間なら？」

と友部は訊《き》いた。

「あり得るでしょうな。充分に」

ガンさんが答えると、友部は肩を怒らせてため息をついた。

「まったく……何が起こっているのやら……」

互いに情報提供を約束してから、

「行くぞ」

と、ガンさんが言ったとき、比奈子のポケットでバイブが震えた。車に向かいつつ電話に出ると、

「藤堂先輩、月岡です」

鑑識の真紀の声がした。

「今どこですか？」

「色々あって木更津にいるの」

「厚田警部補もご一緒ですか？」

「ええ、ここに。どうしたの、何かあった？」

「廃ビルの地下で見つかった携帯ピックと安全ハンマーなんですが……」

運転席のドアを開け、東海林が一瞬比奈子を見守る。走って後部座席に乗り込むと、

「月岡さんからです」

比奈子はガンさんにそう告げた。外で友部が車を誘導してくれている。牧場の敷地は広いが、敷地へ入る道が細いので、車両が渋滞してしまうのだ。

「それぞれ指紋が検出できました」

「え？　でも、犯人は手袋をしていたんじゃ？」

「そうなんです。検出した指紋はどちらも被害者のものでした。アイスピックはスーツの男性、安全ハンマーは、スキンヘッドの男性の指紋と一致しました」

「どういうこと……？」

比奈子は思わず呟《つぶや》いた。被害者が簡易武器を携帯していたことになる。

「それだけじゃないんです。念の為、二人の指紋を照合してみたところ、スキンヘッドの男の指紋がデータベースにあったんですよ」

「え。誰なの？　前科があったってこと？」

「そうじゃなく」

真紀は言葉を切って一呼吸置いた。

「昨年の暮れに総合病院が襲われて、入院中の受刑者が殺害された事件を覚えていますか？　あの時、青海《あおみ》の暁埠頭《あかつきふとう》のコンテナで外国のレシートが見つかりましたね？」

「もちろん覚えているわ。え？　じゃ、そのレシートの指紋と？」

「一致したんです」と、真紀が言う。

「警部補にそれをお伝えしたくて。次の捜査会議は明日早朝ですもんね」

ありがとうと真紀に礼を言い、スマホを切ってガンさんに伝えた。

車はまだ空き地を出ることができず、東海林はノロノロと運転している。

「つか、それってさ、病院襲撃事件に関わったヤツが、八王子の廃ビルで殺されてたってことになんのかよ？　少なくともスキンヘッドのほうは、ベジランテボード襲撃事件に関わっていた……つまり、マル被は真っ当な民間人じゃないってことかよ。あ？　なんか興奮してきたぞ、こんちくしょう」

前を向いたまま東海林が言う。

「合法的な携帯武器を操るほどには熟達した輩だったたってえことか……確かにガタイもよかったしなあ」

「だからこそ、暗闇で襲う必要があったんですね」

「もしかして仲間割れか？　つか、日本橋で死んでたのも、公安を退職した私立探偵だったよな？」

「確かに。三十年前に起きた最初の事件も、警官の家族だったな」

「でも、十二年前は歯科医師ですよ？」

「あー。今、ヤな事思い付いただろ！　藤堂は」

東海林は言って、頭を下げた。比奈子にではなく、車を誘導してくれた友部にである。ようやく農道へ車を出すと、狭苦しい道をまた戻る。時刻はすでに昼を過ぎ、これから東大へ向かうとなると、着くのが夕方になってしまいそうだ。

「ヤな事って、なんですか？」

「わかってんのにわざわざ訊くなよ。光のマークの秘密結社。事件はつながっちまったってことじゃないのかよ？　たぶん、コンテナと一緒に殺し屋が入って来てんだよ。船でさ、船で、何人も」

東海林は船を強調した。密航するなら航空機よりも容易《たやす》いことは、比奈子もよくわかっている。事件が一本の線でつながるのなら、その先にあるのはCBETという組織だ。ロシア語で光を意味するスヴェートという名前、活動する者らはルシフェルと呼ばれ、忠誠の証《あかし》として性器の裏にロゴマークを入れるという。

「あっ」

比奈子はパッと顔を上げた。

「遺体の検視!」

局部に入れ墨があったか訊こうとしたが、廃ビルの遺体はあのまま遺体袋に入れて運ばれて行ってしまったのだった。ならば死神女史に訊くしかない。

「していますよね? 日本橋のご遺体は。東海林先輩?」

「や。明らかに殺人だったから、その場で裸にすることなく死神のオバサンのところへ運ばれてったぞ。心臓も一緒に」

「ガンさん、私たちも死神女史のラボへ行きます。ご遺体にマークがあるかもしれないし、そうすれば……」

ガンさんも女史から入れ墨のことを訊いていたらしく、

「そうだな」

と、だけ言った。比奈子は少し考えてから訊いてみた。

「三十年前のご遺体はどうだったんですか? 入れ墨は」

「そういう話は聞いてない。もっとも、あの時は解剖の途中で先生が倒れてたな」

「そういや、入院したとか言ってたっすね。死神オバサンのくせに」

「三十年前だぞ？　まだ死神でもオバサンでもなかったよ」

ガンさんはムッとしてガムを咥《くわ》えた。

「藤堂。唐辛子持ってるか？」

比奈子が七味の缶を渡すと、ガンさんはもう一枚ガムを剝《む》き、七味を振りかけてグルグル巻いた。そちらも口に放り込み、マズそうな顔で七味の缶を返してくる。

「ガムにやるもんじゃねえな。人間の食い物とは思えねえ」

「え、え、どうしちゃったんすか。ガンさんってば」

東海林は目を白黒させた。

「うるせえよ」

ガンさんは助手席を倒してふんぞり返り、胸の前で両腕を組んだ。

「倒れるなんて。女史に何かあったんですね？　遺体にガスが仕込まれていたとか、もしかして、そういうことですか？」

「そうじゃぁねえよ」

ガンさんは答えてくれなかった。

比奈子と東海林はバックミラーで視線を交わし、東海林はちょっとだけ首を竦《すく》めた。

車は東京湾アクアラインを本郷《ほんごう》へ向かう。

海中に消えていく道路を眺めて、比奈子はまた七味の缶を握りしめていた。

第五章　殺し屋と殺人者

比奈子らが東大に着いたとき、死神女史はまだ作業をしていた。女史がよく使う司法解剖室ではなく、医学生が実習で使う広い部屋に五体の遺体が並んでいる。遺体から剝《は》ぎ取った衣類もそれぞれのテーブルに置かれていて、学生助手らが死神女史を手伝っていた。配管が剝き出しの司法解剖室とは違い、こちらは明るい色の内装だし、何より空間が素晴らしく広い。そのせいで、解剖台に横たえられた遺体の腐敗具合が余計際立って感じられた。

「やっと来たね。思ったよりも遅かったじゃないか」

解剖用マスクの上で女史の目がきらりと光る。白目は疲れで充血しているものの、瞳《ひとみ》の力は衰えていない。内側から闘志が沸き立つ瞳の色だ。

「つか、急遽《きゆうきよ》千葉まで行ってたもんで。牧場からゴロゴロ骨が出て」

解剖台から離れた位置で東海林は止まり、その脇からガンさんが歩み出る。

「千葉大のなんとかいう教授から、先生んとこへも連絡が来ると思いますがね」

「宗像教授です。法医人類学の」

脇で比奈子が補足する。記憶力の良さが売りなのだ。

「石上先生とは恩師が一緒だと仰《おっしゃ》ってましたよ。法医学実務の両角教授」

学生に写真を撮る場所を指示しながら、死神女史は、「ああ」と頷《うなず》いた。

「宗像君なら知っている。目のでかい、貧乏くさい顔した男だろ？　で？　骨がゴロゴロって、なんのこと」

ガンさんは中指で眉毛《まゆげ》を掻《か》きながら解剖台へ近づいた。

遺体から外された臓器は、それぞれタッパーのようなケースに収まって、空っぽの開口部から背骨が窺《うかが》える。当然ながらどの遺体も骨の変形はないが、短期間に惨《むご》い遺体ばかり目にしたせいで、何がどうだったのか混乱してくる。

「前の事件で見たような、変形した骨を含む複数の人骨がね、木更津の牧場で見つかったんで。俺たちが事件を担当していたのを知って、千葉県警から電話をもらったんですよ。それで急遽、木更津の現場へ行って来たってわけなんで」

「ほら、我孫子の野郎が変異させた、溶けたチーズみたいな骨っすよ」

「敷地内からは殺人の被害者と思《おぼ》しき遺骨も含め、すでに十体近くが発見されているそうです。三千坪以上もあって広いから、県警を総動員して掘り起こし作業をすると言っていました」

「それは本当の話かい？」

女史は手の甲で銀縁メガネを押し上げた。

「残念ながら」

と、ガンさんは言う。

「衣服等はじめ遺留品が出てないのも妙な話だと思いますがね、プールで遺骨を溶かしたなんて事件の後じゃ、妙に納得しちまう自分がいるのも確かなんで……なんというか……」

「悪寒がするよ。本当にね」

ガンさんの気持ちを女史がまとめた。

「何かが起きてるのは間違いないね。魔法円が復活したことも含めて」

「宗像教授は各大学に協力要請してDNA鑑定を進めたいと仰ってました。東日本大震災の時もそうしたからと」

「あの時にネットワークができたからね。もちろん、うちも協力するよ。大学には学生がいて、そういう意味では人手があるから」

死神女史はそう言って、室内の学生たちを見渡した。

「聞いたかい？　忙しくなるよ」

はい。と、答えが返ってきたが、この中の何人が、実際に女史のような法医学者になっていくかはわからない。生きた人間を扱う医者と比べて、死体を扱う法医学者は収入面で遠く及ばないと女史は言う。情熱だけで購《あがな》えない苦労やリスクに立ち向かい続ける強者は多くないが、それは刑事も同じだと、近頃比奈子はよく思う。

「さて……と」

女史は一瞬だけ天井を見上げ、それからガンさんに向き直った。

「じゃ、ざっと説明させてもらう」

八王子の古い二体は内臓がほぼ自家融解したらしく、小さな試料ケースに液体の内容物が入っているだけだった。スキンヘッドの隣にいるのがスーツの男性で、衣服を剝ぎ取られた体は縮み、変色した皮膚が波打っている。こうした死体現象を引き起こしたのは、あの地下室特有の湿気や温度のせいで、腐敗ではなく屍蠟《しろう》化が始まっていたのだという。

「スキンヘッドは三十代後半から四十代前半。もう一人は四十代半ばってところだと思う。屍蠟の進行状態に鑑《かんが》みて、死後二ヶ月以上経過しているようだ。ちょうど人魚の事件が起きた頃、二人はあそこで殺されたってことになる。骨の紫外線放射をやれば、もう少し絞り込めるかもしれないけどね」

「死因はどうです」

「心臓抜かれて死因もへったくれもないけどさ、頸動脈《けいどうみゃく》を切られて胸を裂かれ、肋骨《ろっこつ》を折られて心臓を刳《く》り抜かれたって順番だと思う。皮膚の状態がよくなくて、その時被害者が生きていたかどうかはわからないけど、やっぱり即死だったんじゃないのかな。即死なら日本橋の三体とは違う。それと」

女史は比奈子の顔を見た。

「スキンヘッドには『印』があったよ」

ガンさんが顔を上げ、東海林と比奈子を順繰りに見た。やはりつながっていたのかと、その表情が語っている。

「よくやるよねえ。皮が薄くて敏感なのにさ。で、スーツのほうはすっぴんだった。それで気が付いたんだけど、最初の事件と、十二年前のはどうだったんだろうって。あと……」

「当時の記録に入れ墨のことはなかったと思いますがねえ」

そう言ってガンさんは女史に目配《めくば》せをした。その意味に気が付いて、女史は学生たちを下がらせた。

「ありがとさん。ちょっと休憩しようじゃないか。三十分したら戻って来てよ。遺体を冷凍室へ運ぶから」

学生たちが出て行くと、女史はマスクを外してガンさんに謝った。

「喋《しゃべ》りすぎたね。勘弁しておくれ。さて、じゃ、学生たちも知らないことを……」

女史は人差し指をクイクイ曲げて、ガンさんを日本橋の三遺体へ導いた。こちらの身元は二名が判明していて、新宿署の若い巡査と公安上がりの私立探偵だということがわかっている。片岡が警察学校で逮捕術を習ったという山崎松巳五十六歳の前で女史は止まった。

「このホトケさんにも『印』があったよ。光のマークの入れ墨がね」

それがあるのは局部の裏だ。

見るかい？　と女史が聞くと、ガンさんは俯《うつむ》いて、コホンとひとつ咳払《せきばら》いをした。

「なんというか……いろんな意味でゾッとしますね。他人の一物《いちもつ》を確認するなんざ」

東海林がチラリと自分を見た気がして、比奈子はそれとなく視線を逸《そ》らした。全裸の遺体に痛ましさ以上のものを感じたことはないのだが、東海林やガンさんと一緒に確認するのは恥ずかしい。こういうところが、まだまだ未熟なんだと思う。

「別にダイレクトに見ろとは言わないよ」

女史は脇のテーブルに屈《かが》むと、引き出しから銀色のトレーを出した。

「仏さんには申し訳ないけど、縮んだままじゃ模様が確認できないから、剝《は》ぎ取らせてもらった。それがこれ」

そう言いながらステンレス台にトレーを載せる。広げてピン止めされた皮には、光を模したロゴマークが描かれていた。

「うへぇ……」

東海林とガンさんは首を竦《すく》めた。遺体はもはや痛みも感じないのだが、生きている二人は身につまされるようだ。一方比奈子は、モノが何であろうとも、描かれた模様に戦慄《せんりつ》していた。やはりスヴェートのロゴマークである。技術者や科学者を取り込んで、人体改造を含む悪魔の研究をさせている未知の集団。脳科学に精通している中島保もターゲットであることを、比奈子は最近知らされたばかりだ。

「つまり、私立探偵とスキンヘッドの男性は、どちらもスヴェートの活動員だったということですか？」

「ルシフェルね。そう呼ばれているみたいだね」

「でも、この人、元は公安警察官ですよ？」

二ヶ月前にはまだ影に過ぎなかったスヴェートの存在が、にわかに現実味を帯びてくる。女史は答えた。

「そういうことになるんだろうね」

「すでに警察組織にも奴らが潜り込んでいるってことだな。やはり」

「ガンさん。つか、そこなんすけど。逮捕後ろくに喋らず犯人が死亡したって事件、実はけっこうあったりするんすよ。俺、向こうへ行ってからちょっと調べて驚いたんすけど、勾留《こうりゅう》から死亡までの期間が短いものが複数件。あと、行方不明の警察官ってのも、結構な数に上るんすよね。全てが奴らの仕業とも言えないっすけど、ベジランテボード総合病院の襲撃事件なんかは、まさにその典型だったじゃないっすか」

死神女史が静かに答える。

「犯人は薬物の過剰摂取で急死。司法解剖で太股《ふともも》に注射痕《こん》が見つかっている」

「逮捕時現場にいたのは俺たちと、新宿署の刑事だったな」

「その刑事は事件後に飛び込み自殺。つか、一応そういうことになってます」

比奈子は、最も若い被害者の遺体を見下ろした。

「彼は新宿署勤務の巡査でしたね。不審者の職質に向かって事件に巻き込まれてしまった」

遺体に合掌してから、あとを続けた。

「自殺した刑事を含め、公安部の周辺を洗う必要があるんじゃないでしょうか」

「そりゃそうだけど、そこは本庁の管轄だから、ヘタに首突っ込むとヤバいぞ藤堂」

東海林が先輩刑事らしく比奈子を戒めた。

「東海林の言うとおりだ。俺たちは八王子の事件を追わないとな」

「はい。すみません」

詫《わ》びる比奈子の目前に、ずらりと遺体が並んでいる。生きた人間四名が、五名もの遺体を前にしているなんて。千葉で見つかった人骨を含め、沈黙を守っていた死者たちが、大挙して真相の解明を迫って来たような感覚を覚える。

「気に入らねえことばっかりだなあ。山崎松巳がいつからスヴェートに属していたのか知らねえが、警察学校の教官をしていたなんざ、ゾッとする」

「秘密は人を惹《ひ》きつけるからねえ。秘密結社、オカルト紛《まが》いの宗教とかさ。秘密でつながる仲間意識は蜜《みつ》の味。そういう意味では、正義感と使命に燃える人間ほど罠《わな》に陥る皮肉がある。自分を高く見積もりすぎて、選民意識に囚《とら》われて、自分たちなら世界を変えられると思い上がって、自ら危険に近づいて、洗脳されて、取り込まれるんだ。

うとするんだよ」

周囲の意見に頑《かたく》なになって孤立する。そうしてますます、自分ではなく世界を変えよ

「正義という名の下に、自己犠牲を掲げる人間は手強《てごわ》いってことですよ。ひとたび洗脳されちまうと、まわりが雑魚《ざこ》に見えるんでしょう」

「雑魚だから殺していいと思うんですか？　罪を厭《いと》わず、犠牲を顧みることもせず」

「んなのはあれっすよ。一周廻《まわ》ってただのバカってことじゃないすか」

「たしかに。木偶《でく》の坊の言うとおりだよ」

そう言うと死神女史は胸に手をやり、煙草がないのでため息をついた。

「ところで先生。こっちも鑑識から電話があって面白いことがわかったんですよ。八王子で殺されたスキンヘッドの仏さんですがね？」

ガンさんは、現場にあった凶器に被害者の指紋が残されていたこと、スキンヘッドの指紋が、過去の殺人事件で採取された指紋と一致したことを女史に告げた。

「少なくともスキンヘッドは病院襲撃事件に関わっていたってことかい」

死神女史は空洞を晒《さら》したままの遺体を見下ろした。その事件では、受刑者以外に病院関係者が二名、拷問されて殺されている。

「あの人たちの両腕を、切断したのはあんたかい？」

死神女史は遺体に訊《き》いた。もちろん遺体は答えない。

「どんな悪党も、死ねば仏さんだと言うけどさ、あたしは人間ができていないから、ゲスはゲスだとしか思えないんだよ」

死神女史は凍るような眼差《まなざ》しをスキンヘッドに向けた。

「あの残忍な手口に比べれば、あんたは随分楽に死ねたよね。死後に心臓を刳《く》り抜かれ、あそこを剝ぎ取られたとしても……そうだろう？」

銀縁メガネの奥で、胡乱《うろん》に瞳《ひとみ》を光らせて、女史は遺体にニヤリと笑う。

「いいさ。この上は、洗いざらい白状してもらう。死人に口なしなんて言わせない。とことん話を聞かせてもらうからそのつもりで」

「それって死体に言ってるんすか？」

女史の迫力に怖《お》じ気づきつつ、東海林がこそりと呟《つぶや》いた。

「当たり前だよ。罪も償わずにあの世へ逃げていこうなんて、誰が許してもあたしが許さないよ。検査だ検査。あんたたちもだよ、仕事仕事」

鼻息荒く吐き捨てると、女史はラテックスを剝いで両手を洗った。解剖実習室に備えられたパソコンを立ち上げ、椅子に座ってガンさんを呼ぶ。後ろから東海林と比奈子もついていくと、モニターに解剖前の遺体写真がずらりと並んだ。

「結論から言うと、日本橋で殺害された三名と八王子で殺害された二名とは、同一犯でない可能性が大だ」

マウスを動かしながら女史は言う。

「ま、犯人のことはあたしの範疇《はんちゅう》じゃないけどさ。日本橋の魔法円は被害者三人の血を混ぜて描かれた。八王子の落書きみたいな線はスキンヘッドの血で描かれた」

女史は遺体写真を拡大した。

「頸動脈《けいどうみゃく》の切り方も違う。日本橋のほうは仕事が繊細。傷つけて血圧が下がるのを待った。流れる血も器に受けた。こういう言い方は相応《ふさわ》しくないかもしれないけれど、主観として十二年前の歯科医師殺しに似てる。致命傷は胸の傷で、意識があるうちに心臓を抜いた」

女史は遺体の首を拡大した。切り口は薄く細長く、傷口の下に何かを押しつけた跡がある。

「この半月形は血を受けた器の跡だ。何の器かはわからない。少し検索してみたけど、該当する物がなくってね、科捜研で詳しく調べるそうだ。ちなみに十二年前の歯科医師殺しの時は、現場のコーヒーカップで血を受けていた。三十年前の警察官一家殺しで使われたのは玩具《おもちゃ》のバケツだったよね」

凄惨《せいさん》な現場を思い出したのか、深く息を吐いてから死神女史は先を続ける。

「さて。日本橋の犯人は首に切り付けて、血を抜いて、その血で魔法円を描き、三人を放射状に並べて胸を裂き、心臓を取り出してから残りの図形を引き終えた。魔法円の三隅には被害者を引きずった時ついた跡がある。八王子の方はスキンヘッド一人の血で床に弧を描こうとしたが、上手《うま》く行かずにやめている。結果、魔法円は描かれず、失敗のあとを隠すように弧の上に被害者を横たえて心臓を抜き、こちらは中央に置いたようだ。頸動脈をスッパリやっちゃってるから、血は天井まで噴き上げて、魔法円を描くだけの量はなかったんだよ。二人はとうに絶命し、胸を裂かれる恐怖を味わわずに済んだってわけ」

女史はしばし言葉を切って、ガンさんだけを真っ直ぐに見た。

「と、いうわけで、日本橋と八王子では、殺しの手順が違ってる」

「模倣犯ということですか？」

比奈子が訊くと、

「それを捜査するのはあんたの仕事」

と、女史は言った。

「あと、犯人の身長も違うと思う。繊細な切り口から見ても、日本橋の犯人のほうが背が高いはず。ナイフの角度が違うんだよね。ちなみに刃物は同型で、同じ組織の殺し屋だと考えれば、同型の武器を携帯している理由にはなるかも。刃の反対側に粗いギザギザがついた大型のアーミーナイフだと思う」

女史は画像を呼び出した。ハリウッド映画に出てくる兵士が、ジャングルで使うような大型のナイフだ。刃渡りが三十センチ近くもあるので、大の男の胸を切り裂き、心臓を取り出すのも容易《たやす》いだろう。

「襲われ方も違うんだよね。犯人はともに右利きだけど、八王子は背後から首を抱えて左頸動脈を掻《か》き切ったようで、スーツの男の爪から微物が出ている。皮膚片の可能性があるからDNA鑑定に出してるけどね。で、日本橋のほうは正面から、左頸動脈にスーッと傷をつけている」

「正面からですかい」

「暗闇だったろ？　被害者は自分の手すら見えなかったと思うんだよね」

「犯人が二人いる、二つの事件だと？」

比奈子は女史に訊いてみた。

「実行犯が違うと言っただけ。これはあたしの勘だけど、二つの事件は関係しているし、もちろん過去の未解決事件とも無関係じゃないと思うんだよね」

話しているうちに時間が経って、戻って来る学生たちの声が聞こえた。

「こんなものを後生大事にとっておくから、変態検死官とか言われちゃう」

女史は入れ墨のサンプルを引き出しに隠すと、パソコンを切ってガンさんに言った。

「遺体は冷凍保存しておくし、組織は検査に回しておくよ。何かわかったら連絡するから」

「わかりました。でも先生……」

無茶はしないで下さいよ。と、ガンさんは言いたげだったが、やる気満々の女史を見てこう続けた。

「ま。何が何でも、けりをつけてやりましょうや。犯人をとっ捕まえて、罪の償いをさせねえと」

「そのつもりだよ」

「今夜は俺から電話をします。それじゃ先生」

ガンさんは死神女史に背中を向けると、右手をヒラヒラさせて東海林と比奈子を追い立てた。

キャンパスを車に戻る途中で、「腹が減りませんか？」と東海林は訊いた。

そういえば、早朝に署を出てから口にしたものは缶コーヒー一本だけだった。三人は赤門《あかもん》を出て、とりあえず目についた食堂に入った。カウンター四席、ボックス席がふたつだけの小さな店で『赤門定食』なるものを注文すると、たっぷりのキャベツに煮込み肉のトンカツと目玉焼き、お新香と味噌汁《みそしる》付きの大盛りごはんが運ばれて来た。

「ごはんはおかわり自由だからね」

と、女将《おかみ》が言う。学生相手の食堂だから、盛りはいいし値段も安い。とける程煮込んだ豚肉は衣がサクサク香ばしく、千切りキャベツとの相性が抜群だ。こっくりと濃い味つけでごはんが進む。

「白いごはんって、どうしてこんなに美味《おい》しいんでしょうね」

比奈子はそう言いながら、七味も振らずにごはんを食べた。少しだけ目を離した隙にカツ一切れを東海林に奪われ、お返しにたくあん一枚を奪い返すと、

「飯ぐらいおとなしく喰《く》ってくれ」

と、ガンさんに叱られた。

「俺は善意でやってるんすよ。そんなに喰ったら太るだろうが」

「がっつり動いてるから大丈夫です。それに私にはカプサイシンという強い味方が」

「だー、かー、ら」

ガンさんは自分のカツを一切れ比奈子にくれた。

「ほれ。これ喰ってまた頑張るぞ。ここから長くなるんだからな」

比奈子はガンさんのカツをもらってキャベツを頰張り、味噌汁を飲んでお新香を食べた。お腹が膨れると気持ちも少し優しくなって、女将から急須《きゅうす》を借りて、ガンさんと東海林の茶碗《ちゃわん》にお茶を足した。食べ終えた食器もカウンターへ運び、ダスターを借りてテーブルを拭《ふ》き、両手に湯飲みを抱えながら、

「ガンさん、教えて下さい。最初の事件はどういう顚末《てんまつ》だったんですか？」

と、小さな声でガンさんに訊《き》いた。ガンさんの並びにいる東海林もまた、興味深そうにガンさんを見ている。狭い店なのでガンさんはお茶を飲み干して席を立ち、会計を済ませて外に出た。今回は東海林も比奈子もワリカンで払った。

「最初の事件は玉川署管内で起きた。被害者家族は夫婦ともに警察官だ。夫は本庁の事務方で、奥さんのほうは所轄の交通課に勤務していた」

雑踏の中を歩きながらガンさんは言う。大声で話す内容ではないので、声が聞き取りやすいよう、比奈子と東海林は両側を歩いた。

「ご主人が監察対象だったと聞きましたけど？」

「保管庫から現金や書類が紛失した件で、査察官の呼び出しを受けてたんすよね」

比奈子と東海林が交互に訊くと、ガンさんは「ああ」と、答えた。

「証拠品保管庫から現金数十万円と、あとは免許証や保険証が消えたカドでな」

「免許証と保険証？」

「保管庫を管理していたのが夫の方で、事情を聞くことになっていたようだ。彼が紛失したって証拠があったわけじゃねえんだが」

「じゃ、殺されたのは別の理由っすか」

「そこがわからねえんだよ」

歩調を緩めて、ガンさんは東海林を見上げた。

「もちろん当時は一家の身辺調査を徹底的にやったが、金に困っていた様子もない。トラブルも起こしていない。平均的で幸せな家族で、人付き合いも悪くない。住まいは借家で土地がらみのトラブルもない」

「不審者情報はどうだったんです？　悲鳴を聞いたとか、怪しい人物を見たとか」

「親子四人が殺されたんだ。情報はそれなりに上がって来たが、しらみつぶしに当たっていくと、残された線はひとつもなかった。思ったのは……」

ガンさんはついに足を止めた。人々が行き交う通りと、その上にある空を見ている。

「思ったのは……なんすか？」

　半歩前に出て東海林が振り向く。ガンさんはまた歩き始めた。

「犯人は、たまたまあの一家を襲ったのか……ってことだ」

「行きずりの犯行だというんですか？　愉快犯？」

　あとを追いながら比奈子が訊く。

「結局わからずじまいだよ。だが、行きずりの犯行だと思えば突破口が見えたのかもしれん。俺たちは犯人があんな真似をする理由がわからなかった。今もだがな」

「つか、行きずりの犯行にしても、やりかたが残酷すぎるっしょ？　子供も犠牲になってんすよね？　心臓……」

　東海林は顔を背けてゲップした。

「そう、まさにそこだよ。だがな。だからこそ捜査は暗礁に乗り上げたんじゃねえかと、俺は今、思ってるんだよ。あの頃は、ゲームのように人を殺す、そんなにも残忍な犯行をしてのける人間がいるなんて想像もできなかったからな。俺たちは被害者の周辺を洗い、関係者を追い、そうして事件は時効を迎えた」

「十二年前の歯科医師はどうなんす？」

　ガンさんは頭を振った。

「そっちは担当していねえ。清水も言っていたように、当日は嵐で、一帯が停電中。

歯科医院から出火して医院は全焼。二階に住んでいた一家と、白人男性が殺された」

「家族以外の一人は外国人だったんですか？」

「たまたま治療で居合わせたらしいや。とにもかくにも、犯人が何を考えてやがるのか、サッパリだ」

「野比先生に……」

うっかりそう言いかけて、比奈子は慌てて口をつぐんだ。比奈子の戸惑いを見抜いてか、ガンさんは東海林に体を向けた。

「今なら別の見方もできる。別の捜査方法もある。今回の事件が過去とつながっているのなら、なんとしてでも全容を解明したい。でないと、この世はバケモノだらけになっちまう。そんな気がして落ち着かねえよ」

ガンさんはガムを出して口に入れ、比奈子と東海林に一枚ずつくれた。


駐車場へ戻ってから、ようやく車で寄居土建の事務所へ向かった。寄居土建は府中《ふちゅう》にあるが、これで本当に大手ゼネコンの下請けをしているのかと思うほど小さな雑居ビルが現住所になっていた。

「あれえ？　ホントにここっすかね？」

車を停める場所もないので、低速で流しながら東海林が言う。建築業者というからには、重機や建築資材の置き場を備えた建物を想像していたのだが、そこはただの雑居ビルで、駐車場すら見当たらない。

「間違いねえ。カーナビの場所はここなんだがな」

道路も狭く、他の車の迷惑になるので、ずっと低速走行というわけにもいかない。

「私が降りて見てきましょうか。どこか一周して戻ってもらえば」

そう言って比奈子は後部座席を降りた。車はそのまま先へ行ったが、角を曲がる寸前でガンさんも車を降りてきた。捜査は二人ひと組が基本だからだ。ガンさんを待っていると、雑居ビルから数人の男が出てくるのが見えた。作業着、スーツ、頭にタオルを巻いた職人ふうの男性もいる。

比奈子は小走りでガンさんを迎えに戻った。

「様子が変ですね。あの人たち、寄居土建から出て来たんじゃないでしょうか」

ビルと道路の間に空いたわずかな場所に彼らは立って、頭を寄せ合い、話をしている。時々ビルを見上げながら、一人が携帯電話を取り出した。

「ダメだ。いない。誰も出てこない。もぬけの殻だ」

比奈子とガンさんは彼らの許《もと》へ走って行った。

「あのう、すみません。ちょっとお訊《たず》ねしますけど」

最初に声を掛けるのは比奈子の役目だ。小さくてかわいらしい比奈子を警戒する者は少ないが、刑事の臭いが染みついてしまったガンさんでは相手が引いてしまうのだ。

「寄居土建さん、何かあったんでしょうか？」

声を掛けながら男たちを観察すると、作業着の男は、胸に会社名が刺繍《ししゅう》してある。どうやら生コン業者のようだ。他も同業の人々らしく、一様に切羽詰まった顔をしている。

「あんたもかい？　遅かったよ」

スーツの中年男性がそう言った。

「誰もいない。逃げたんだ」

「逃げたって？」

聞くと職人ふうの男が吐き捨てた。

「夜逃げに決まってるじゃないか。手形の決済が下りないんだよ。あんたのところもそうだろう？」

言いながら、彼らは次々に電話を始めた。

債権の取り立ては時間差勝負だ。男たちは電話に怒鳴りながら足早に去り、通りの向こうからまた別の人物が血相を変えて走って来た。倒産情報が流れる頃には関係者の不動産も財産も、すべて移動されていると聞く。比奈子はガンさんとビルに駆け込んでみたものの、総合掲示板が示す六階フロアはもぬけの殻で、古いコピー機とデスク、床に散らばったゴミしかなかった。

『〇〇町廃ビルに於《お》ける男性二名殺人事件』の捜査本部に厚田班が集合したのはその夜九時過ぎのことだった。全員が島に戻ると、御子柴が買って来た太鼓焼きが真ん中に置かれ、やっぱり比奈子がお茶番をした。御子柴が淹《い》れる不味《まず》いお茶では疲れも取れないし、士気も上がらないからである。

野菜あんと小豆あんの太鼓焼きの横には梅干しがあって、こちらも黙々と消費されていった。疲れた体と精神が酸味と塩分を欲するからだ。

「御子柴と手分けして寄居土建の口コミ情報を調べましたが、驚くほどヒットして来ませんでした。元締めと噂がある葵組含め、SNSにも出て来ません。昨今ではむしろ珍しいことだと思う。逆にいうと、深く潜行している企業なのかもしれません」

清水がガンさんに報告した。次いで御子柴が背筋を伸ばす。

「寄居土建ですが、会社自体はまだ新しく、二〇〇〇年の登記です。土木、建築、トビ、左官、コンクリート工や解体など、建設工事一般に関わる許可証ほか、変わったところで、さく井《せい》工事の許可も取っています」

「なんですか？　さく井工事って」

比奈子が訊《き》くと清水が答えた。

「井戸や温泉や天然ガスなど、掘削工事のことだよね」

「ビルのオーナーしほ子さんの話では、解体工事業者を寄居土建に決めたのは、安かったからだそうです」

次いで倉島が報告を始めた。

「ビルが古くなって行政指導が入り、取り壊しか改修か決めかねていたところ、寄居土建の営業が来て、安いので解体を決めたということでした」

「上物ナシのほうが資産価値が上がるってんで、解体後に生コン敷いて、駐車場にする予定だったようですがね」

片岡が補足する。

「地下に死体があったことを除けば、契約の流れに不審なところは無し。二人が殺害されたと思われる二ヶ月前もビルは放置されていたんだし、シャッターも壊れたままだったって話だし、婆さんもビルを見に行くことはなかったと言ってます。ちなみに、取り壊しを決めたのは半年前のことだそうで」

「現場周辺は閑散としていますしね。あのビル含め古い建物が並ぶ一帯ですから、飲食店のある方へ、人通りは移動していたようです。ちょっと張り込んでみましたが、通勤通学の時間を過ぎれば、無人の時間がけっこうあります」

「周辺を当たって監視カメラの映像を持ち帰ってますがね、二ヶ月も経過しているんで収穫は多くねえ。手分けして確認願います。御子柴、おまえもだぞ」

倉島と片岡が交互に言うと、ガンさんは「そうだな」と、頷《うなず》いた。

今夜は徹夜で監視カメラ映像の確認作業だ。ガンさんが司法解剖の所見を話し、本件とは無関係ながら木更津市の牧場で大量の人骨が出たことを報告して、厚田班の会議は終わった。

そこから順次仮眠をとりながら、監視カメラ映像の確認作業が始まった。

被害者二名は生前の面影を残さぬほどに変わり果てているので、主に服装と体格を重視して作業が進む。街をゆく人々の姿を延々と見続けていると、ふっと集中力が途切れてしまう瞬間がある。その瞬間に犯人や被害者が映り込んでいることもあって気が抜けない。単調ながら根気のいる作業が続いた深夜零時過ぎ。比奈子のスマホに着信があった。

「あたしだけどね」

いつもながらの死神女史だ。

「八王子で殺されたスーツ男の爪から採取した皮膚片だけど、ＤＮＡ鑑定の結果が出たよ。それで」

薄暗い室内に青白く光るモニターを静止させ、比奈子はスマホを握ってガンさんを探した。捜査本部代わりの講堂に敷かれた畳の上で、ガンさんは仮眠をとっている。起きているのは比奈子と東海林、御子柴だけだ。

「ダメ元でこっちのデータと照会してみたら、該当者がいた」

「えっ」

比奈子は思わず大声を出した。モニターに見入っていた東海林と御子柴が顔を上げる。仮眠中の仲間を起こさぬよう、比奈子は急いで廊下に出た。

「誰ですか」

「留置中に自殺した殺し屋だったよ。正体不明の名無しの権兵衛。あそこの入れ墨だけが手がかりの」

「人体実験をしていた我孫子を殺した？」

「そう。そいつのDNAと一致した。時期的にも齟齬《そご》はないよね。我孫子を襲う直前に、スキンヘッドとスーツも殺していたとするならさ」

「ランニングマン……」

比奈子は呆然《ぼうぜん》と呟《つぶや》いた。風貌《ふうぼう》は東洋人だったが、逮捕後は何も喋《しゃべ》らぬまま奥歯に仕込んだ劇毒物で自殺した男だ。身元を隠すため歯も眼球も指紋も焼き溶かして。

「ランニングマンのDNAと一致したってことですか。つまり、二人もランニングマンが殺したと」

「だからそう言っている」

天井のLEDが細長い廊下を照らしている。恐怖とも武者震いともつかない興奮が、静かに比奈子を侵蝕《しんしょく》してくる。

「全部つながっているんでしょうか。ならば、どうして『今』なんでしょう」

「さあね」

と、女史は冷たく言った。

「何か理由があるんだろうさ。で？　ハゲは？」

「仮眠中です」

死神女史は鼻を鳴らした。

「自分で電話をくれるって言ったのに」

約束を守ったことなんかありゃしないまったく、と死神女史が文句を言うので、比奈子は戻ってガンさんを起こすことにした。

「藤堂先輩、大変です」

廊下の奥から真紀が走って追いかけてくる。比奈子が通話中だと見て取ると、片手で口を押さえて、「あとでいいです」と、謝った。

そのまま講堂へついてくる。ガンさんを起こしてスマホを渡し、東海林と御子柴のいるテーブルに戻ると、真紀は勢い込んでこう言った。

「もう一人のご遺体の指紋ですけど」

「どの一人？　日本橋とこっちで五人も死んでいるから紛らわしくて」

御子柴が訊くと、真紀は
「八王子で殺されたスーツ姿の男性よ。ここは八王子西署なんだから当然でしょ」

と、御子柴を睨《にら》んだ。

「三木先輩から電話があって、念の為に庁内のデータベースと照合したら……」

「あったのかよ？」

と、東海林が声を潜める。真紀はコクンと頷いた。

「特徴点で九十％程度の一致ですけど」

「誰なんだ」

真紀は制服の下からコピーを出すと、自分の体で隠すようにして東海林の前へ滑らせた。顔写真付きの身分登録証だった。

「樋口《ひぐち》千章《ちあき》四十五歳。所属は警視庁公安部外事第三課となっています」

「外事第三課って……9・11がきっかけでできたという？」

御子柴も声を潜める。

「アメリカの同時多発テロ事件を受けて発足した部門だな。国際テロ組織やスパイを追ってる」

そう言って、東海林はガリガリと頭を掻《か》いた。

「どうして公安の警察官が、スキンヘッドの殺し屋と一緒に殺されたのかしら？」

比奈子は真紀のコピーを引き寄せた。スーツ姿で、携帯用のアイスピックを持っていた男。ワイシャツの上から胸部を裂かれ、心臓を取り出されて死んでいた。犯人と思われるのはランニングマンで、ランニングマンは自殺してこの世にいない。

「どうした？」

死神女史との電話を終えたガンさんが、テーブルにやって来た。真紀のコピーに目を落とし、「被害者か?」と、小声で聞いた。

「指紋がほぼ一致したってことなんすけど、これって……」

東海林はその先を言いあぐねている。ガンさんは「うむ」と唸《うな》って、コピーを摑《つか》み、

「一緒に本庁へ行くぞ」と、東海林に言った。

「捜査一課の川本課長と会ってくる。爪に残されていた皮膚片が、ランニングマンのDNAと一致したそうだ」

「うす」

東海林は勢いよく立ち上がり、ガンさんと講堂を出て行った。

残された比奈子と御子柴の前には、まだ何時間分ものテープが残されている。交代時間には間があるものの、比奈子は東海林の代わりに清水を起こすことにした。真紀も手伝ってくれるという。


スキンヘッドとスーツの男、そしてランニングマンの姿が八王子駅周辺の防犯カメラ映像で確認できたのは、明けて正午近くのことだった。彼らは集団で行動しておらず、ほぼ同じ時刻に別々の方向から廃ビルへ向かっていたことがわかった。

事件後に逃走するランニングマンは確認できず、駅を使っていないこともわかった。

誰かが彼を迎えに来て、車で次の『仕事場』へ運んだのではないかというのが清水の見解だった。

そのわずかあと、ランニングマンは我孫子を殺し、逮捕され、拘置所内で自殺したのだ。

第六章　影人間の影

ガンさんの報告を受けた川本課長の動きは素早かった。八王子西署の捜査本部は被疑者死亡で解体されて、三日後には桜田門《さくらだもん》に特別合同捜査本部が立ち上げられた。

比奈子らは警視庁特別合同捜査本部就《づき》猟奇犯罪捜査班として何度目かの捜査に加わることになり、桜田門へ招かれた。

「うひょう」

帳場に入るなり、妙な声を上げたのは清水だった。

本庁の合同捜査本部で仕事をすると、厚田班の島はパーテーションで仕切られた『余所《よそ》者扱い』が多かったのだが、今回は広い帳場に点々と置かれた本庁の島と同列に猟奇犯罪捜査班の島が置かれていたからだった。パソコンも内線電話も与えられ、過去の資料も共有だ。余所者を目の敵にしていた本庁捜査一課の加藤《かとう》班もまた、今回はガンさんの挨拶《あいさつ》を受け入れた。

　そんなわけで、比奈子は初めて三十年前に起きた警察官一家殺しと、十二年前に起きた歯科医師一家殺しの現場写真と調書を閲覧できたのだった。

「噂には聞いていたけど、想像以上の惨《むご》さだね」

　調書の写真を見下ろして、清水はそっと両手を合わせた。被害者の血液を器に受けて、それで魔法円を描いたと聞いてはいたが、実際の写真を見ると、そのおぞましさは想像をはるかに超えていた。瀕死《ひんし》の重傷を負わせた相手から血を受ける犯人の気持ちに寒気がする。生身の肉体から流れ出るものを、犯人は何だと思ったのだろう。被害者たちの恐怖に見開いた目を見るだけで、比奈子は全身に震えがきた。

「で、こっちが日本橋の現場なんすけど」

　厚田班の島に東海林が資料を運んで来た。過去の事件のものではなく、ほんのわずか前に日本橋の工事現場で起きた殺戮《さつりく》の記録だ。

「そっくりですね」

　二箇所の資料を手に持って、比奈子は言った。

「三十年前のものではなくて、十二年前の写真とそっくりです」

「え。どっか違うかな？　俺には三つともそっくりに見えるんだが」

　背後から東海林が覗《のぞ》き込んでくる。

御子柴はまた具合悪そうな顔で清水の陰に隠れているが、それでも資料を見ようと努力はしているようだった。

「最初のも、それ以降のも、酷《ひど》い殺し方ですけれど、最初の現場は乱れています」

比奈子が三十年前の写真を引き寄せると、厚田班は自然に比奈子の周りに集まった。

比奈子は現場写真を広げて言った。

「魔法円を描くために乱雑に家具を寄せてますよね？　血痕《けっこん》も家中に飛び散っているし、二階から蹴《け》り落とした跡もある」

ファイルに並ぶ凄惨《せいさん》な現場を、比奈子は順繰りに指でさす。

「でも、日本橋の現場はきれいです。一撃で首を狙って仕留めている。こちらは被害者が傷口を押さえたから血が飛び散っていないし、血溜《だ》まりができているのは、被害者が、襲われた場所で動けなくなったからですよね」

コンクリートの地下室にある三つの血溜まりを比奈子は指した。

「十二年前の歯科医師殺しの現場もそうです。リビングの家具を寄せているのは三十年前と同じだけれど、十二年前は乱雑さがないし、血の跡がきれいで、被害者が傷口を押さえて動けなくなった様子も同じ。最初の事件は暴行の跡まであって、なんというか……残忍な快楽殺人のように見えます。でも、十二年前と、今回は……」

比奈子は適切な表現を探して首を傾け、

「ただ仕事をしたって、感じがします」

と、静かに言った。

「ふうむ」

ガンさんがファイルを引き寄せ、確認する。それから写真を順繰りに廻《まわ》した。

「確かにな。三十年前のは乱暴で野蛮で……なんというか、現場に殺戮を楽しんだ形跡があった」

「八王子の現場もそうでした。ランニングマンが殺しを楽しんだ感じというか。でも日本橋の現場はきれいです。犯人の感情を、まったくというほど感じません」

そう言いながら、ランニングマンが逮捕時にゴーグルを着けていたことを思い出した。暗闇の中、暗視ゴーグルで圧倒的有利な立場に立って、同じ組織の殺し屋と公安警察官を殺害することに快感を覚えたのかもしれない。

「ランニングなんちゃらはおいておいてもだな、三十年前と十二年前の間に、犯人が熟練したってだけじゃねえのかよ？」

片岡が言って、写真を倉島に手渡した。

「それはどうでしょうか。ぼくはプロファイラーではありませんが、十八年経過しても人の本質が大きく変わることはないように思います。たとえば、殺害方法ひとつにしても、人間性が出ると思うのですが」

倉島は御子柴に写真を渡したが、ろくに見もせず御子柴はそれを清水に戻した。

「御子柴。こういうのはね、しっかり見ておくべきなんだ。被害者の無念を目に焼き付けて、それを力に変えないと、殺人の捜査なんかできないよ？」

御子柴は渋々清水からファイルを戻してもらい、奇異なものを見るような目を比奈子に向けた。こんな写真を平気で見るような女は異常者だと言わんばかりだ。

「ガンさん。ここはひとつプロファイラーの先生の出番なんじゃないっすかね？」

東海林が言うと、ガンさんは、どうだ？　と訊《き》くように比奈子を見た。

もちろんそう思ってはいた。現場にデタラメの魔法円が描かれていると聞いたときから。この事件が三十年前に始まって、未解決だと聞いたときから。そして、一部被害者の体にスヴェートのロゴが刻印されていたと知った時から。

「どうする藤堂？」

ガンさんに聞かれて、比奈子はスマホを取り出した。

「死神女史に電話してみます。私一人ではどうにもならないことですし」

短縮ダイヤルを操作して呼び出し音を聞いていると、「お疲れ様です！」と声がして、部屋に入って来る者があった。制服姿の三木が一礼し、そそくさと厚田班の島に駆け寄ってくる。

「三木さん、あれ？　新婚旅行は？」

あからさまに東海林が訊いた。

「本日現場復帰したところ、月岡君から、みなさんがこちらの帳場に移ったと聞かされたものですからな」

そういう三木の薬指にはプラチナの指輪が光っている。髪の毛も肌もツヤツヤで、やる気オーラが漲《みなぎ》っている。平たくいうとオタク度がバージョンアップした感じだ。

「さっそくですが、私が使えるパソコンは？　これですか？　こちらのほうがよろしいですかな」

清水がフォローして機器の準備が整うと、三木はとあるサイトにアクセスした。公益財団法人・陽《ひ》の光《ひかり》科学技術研究振興財団のホームページだった。

「誠に僭越《せんえつ》ながら、新婚旅行の途中で、こちらの財団へ立ち寄ってみました。ちょっと気になっていたものですからな」

「これ……我孫子に資金を提供していた財団じゃないか」

そう言って、清水は三木の周りに仲間たちを呼び寄せた。

「でも、まだ捜査対象にはなっていないよ？　犯人に予算を出していたってだけで」

「わかっております」

三木はすまして、ホームページにある財団の住所を拡大した。

「こちらへは観光目的で行っただけです。ついでに街の掃除をしながら、近所の人とお喋《しゃべ》りを、ですな。ワイフは初対面の方ともコミュニケーションが得意ですから」

やれやれというように、ガンさんは首のあたりを掻《か》いた。

「結果として、この住所に財団法人はありませんでした。こちらの住所は小さなマンションで、集合ポストに財団の名前だけがあるという」

「それってどういうことっすか？」

東海林が訊くと、三木は鼻の穴を膨らませてスマホを出した。

「大家さんに断りを入れて、写真を撮らせてもらって来ました」

テーブルにスマホを置くと、三木は画像フォルダを開けた。麗華と撮ったラブラブ写真をわざとらしくスクロールしつつ、やがて拡大したのはマンションの集合ポストで、十四並ぶポストのひとつに『陽の光科学』とシールが貼ってある。正式名称の『公益財団法人・陽の光科学技術研究振興財団』とは書かれていないが、郵便物は届くだろう。曖昧《あいまい》で狡猾《こうかつ》なやり方だ。

「居住者用のポストには部屋番号がふってあるのですが、こちらのみ名前になっておりました。無記名のポストもひとつあり、ワイフが大家さんに確認したところ、余ったポストを賃貸しているという答えでした」

「余ったポストって？」

御子柴が訊くと、三木は胡乱《うろん》に目を細めた。

「もともと十四室あったマンションを、大家と娘夫婦が四室使い、各二室にリフォームしたのでポストが二つ余ったそうで。月額一万二千円でポストだけを貸し出しておるようです。管理を委託した不動産業者の依頼だそうで、賃貸料は家賃と一緒に振り込まれ、郵便物の引き取りに来る人の姿をみたことはないと言っておりました。ちなみに、新居を探すふりでその不動産業者へ行ってみたところ、業者はネットで依頼を受けたと証言しておりました」

「めちゃめちゃ怪しいじゃないですか」

「んなことは最初っからわかってんだっつーの」

東海林が御子柴をいなす間に、ようやく死神女史が電話に出た。

「あたしだよ、待たせたね」

相変わらず忙しそうな声である。今回の事件について、プロファイラーの意見をもらえないかと比奈子が訊くと、「あ、そうだった。忘れていたよ」と声を上げた。

「マズいマズい。彼からメールをもらってたんだ」

野比先生からですか、と、言いそうになるのを比奈子は堪《こら》えた。

「バタバタしすぎてうっかりしてた。そうだねえ……」

女史はしばらく考えてから、

「いいや。考えても時間が取れるわけじゃなし、今から行こう。そうしよう」

「え、今からですか？」

「そう、今から。どこで時間が空くわけもない。それに、ちょっと話したいこともあるからさ。ラボへ来て。すぐにだよ」

と言って電話を切った。

幸い比奈子は桜田門にいるのであって、八王子から向かうわけではない。ガンさんの許可を得て、十数分後には死神女史のラボに着いていた。

「早かったねえ」

そういう女史は充血した目で、随分老け込んだ顔をしていた。そんなことだろうと思って買って来たゼリー飲料を手渡すと、封を切って飲みながら、

「ちょっとこっちへ来てよ」

と、比奈子を奥へ手招いた。ラボでは数人の助手が黙々と作業を続けていたが、女史は彼らの後ろを通って、パーテーションで仕切られた無人のブースへ比奈子を呼んだ。様々な機器が並ぶデスクの後ろにテーブルがあって、広げたシートに番号を振った白い欠片《かけら》が並べられている。

「これはなんですか？」

比奈子が訊くと、女史はゼリーの袋を握りつぶしながら答えた。

「骨だよ」

空になったゼリー飲料をゴミ箱に放り込み、肩を怒らせて呼吸する。

あまりに小さな骨だった。欠片のようにも見えるのだが、角がなく、比較的つるりとしている。

「厚田警部補が言ってたように、千葉大の宗像君から招集がかかってね。手分けしてDNAを抽出している。火葬されていないから骨髄サンプルが採れるのさ」

「こんな小さな骨からも、ですか？」

比奈子は骨を覗《のぞ》き込んだ。どこの部位の骨なのか、小さすぎてさっぱりわからない。

「宗像君を現場に呼んだのは千葉県警のお手柄だね。この骨は泥から洗い出したもの。嬰児《えいじ》の骨だから小さいんだよ」

「え」

と、比奈子は顔を上げた。

「赤ちゃんも埋められていたってことですか？」

また最近の事件を思い出す。人体改造を目論《もくろ》む科学者が受精卵を操作して母胎に戻し、早産させることで検体を手に入れていた事件。被害者のほとんどが……その先を考えることすら、比奈子は辛《つら》い。

「近くに女性の遺骨もあってね、母親だろうと思ってＤＮＡを鑑定したけど、不思議なことに嬰児のＤＮＡと一致しなかった。そのかわり……」

死神女史は腰に手を当て、もう片方の手でぐしゃぐしゃと髪をかき混ぜた。

「どうにもこうにも、とんでもない結果が出ちゃってさ」

その言い方に、比奈子は不安を煽《あお》られた。

「ヒトと魚とか、ヒトと豚とか、そういう混血のＤＮＡが出たんですか？」

「そうじゃないよ」

女史は言下に否定した。

「そうじゃないけど……ああ……ねえ、科学は嘘をつかないからね。結果を信じなきゃ、あたしたちの仕事には価値がないってことになるんだけど」

ふう。と、肩の力を抜いて、女史は23番の骨を指さした。

「この骨のDNAは、保存サンプルの一人と一致した」

「サンプルの一人って？」

そんなことがあるのだろうか。女史が持つサンプルは、被害者か加害者、もしくは検体を提供した人物のものである。彼らの骨が、しかも嬰児のときに埋められていたはずはない。それでも女史は深く頷《うなず》き、嚙《か》みしめるように、

「児玉永久だよ」と言った。

「え……」

比奈子は、心の中で何度も「え」と言っている自分に気付いた。どういうことなのか、まったく理解ができないのだ。永久は保とセンターにいる。永久には太一《たいち》という父親違いの弟がいるが、太一は母親が連れて実家へ帰ったと聞いている。それに、そもそも太一と永久のDNAが一致するはずはない。

だとすれば、答えはひとつだ。

「永久君は一卵性双生児だったということですか？」

そして兄弟は嬰児のときに死んでいた？　あの牧場に埋められて？

「そうかもしれない。そうではないかも」

死神女史は眉《まゆ》をひそめた。

「今はまだ、嬰児の骨から採取されたDNAがあの子のものと一致したということしか言えない。でも、他にわかったこともある」

両腕を胸の前で組んでから、女史は作業中の助手たちを見渡した。

「骨にはやはり、変形させられたものが含まれていた。遺伝子操作をされたせいで、癌が発生していたかどうかはわからない。正常な骨には刺創が残るものもあったし、そう考えていくと、あの牧場は、被害者を遺棄する場所だったのかもしれない」

「以前の持ち主が場所を提供していたのでしょうか。それとも、持ち主が事件に関わっていた？」

「千葉県警の話だと、第三セクターがあそこを借りたのは数年前で、その前の牧場主も借りていただけ。土地のオーナーは新潟の人で、あそこに住んだことはないんだってさ」

「骨はいつ頃のものなんですか？」

「時間が経ちすぎると紫外線検査をしても反応が薄くなってしまうから、細かい数値は出せていないけど、宗像君が調べたら、十年以上十三年程度経過しているらしい」

「十二年前には未解決の魔法円殺人事件が起きてますよね」

「そう。そしてまたもや事件は再現されて、スヴェートのマークを持つ人物と、警察関係者が殺された。と」

死神女史は呟《つぶや》いて、デスクの下から鞄《かばん》を取った。

「さ。センターへ行こう。何が何だか、こんがらがっちゃってあたしは説明できそうにないから、あんたの記憶力だけが頼りだよ」

自分を嗤《わら》うようにそう言うと、死神女史は比奈子の先に立ってラボを出た。


センターは入るとすぐが広いロビーで、職員や研究者が食事やお茶を楽しみながら休憩できるスペースがある。吹き抜けの天井に枝を広げるのはベンジャミンの大木で、その下が保のお気に入りの席なのだが、今日、そこには見知らぬ研究者たちがいて、談笑しながらお茶を飲んでいた。

女史はロビーを抜けて中庭に出ると、別棟の四階にある保の部屋を目指した。居住スペースと研究室、カウンセリングルームがひとつになった明るい部屋だ。

「珍しいことなんだよね。彼の方から相談があると言ってくるなんて」

四階へ上がるエレベーターの中で女史は言う。監視カメラに唇の動きを読みとられないよう俯《うつむ》き加減《かげん》になっている。

「何か心配事があるんでしょうか」

もうすぐ保に会えるというのに、比奈子は心配そうに訊《き》いていた。

「何かあったのは先生じゃなくて、あの子の方みたいだけどね」

「永久君ですか？」

「そう。まあ、ちょうどよかったんだよ。こっちも話があったんだから」

チン、と音がして扉が開くと、廊下には今日も白衣の人々が行き来していた。

『TAMOTSU』と書かれたドアまで行って、ノックをすると、「はい」と声がして大きく開いた。窓から降り注ぐ光を背負って、中島保が立っている。

いつもならにこやかな彼の表情が、逆光のせいで強《こわ》ばっているようで、比奈子は空のポケットに手を置いた。

「遅くなって悪かったね。忙しくてさ」

言いながら女史が室内へ入る。続いて比奈子が入るまで、保はドアを押さえていてくれた。すれ違うとき、通じ合う心を探してしまう。

「それで？　あの子は？」

入口に近い部屋はカウンセリングルームになっている。保のデスク、患者が座るカ

ウチと、応接セット、観葉植物に間接照明、それらを見渡して女史が聞くと、

「金子君のところです。今日もまた」

と、保は言って、研究室の方へ腕を伸ばした。

「見て頂きたいものが……」

かすかに微笑んで言葉尻《ことばじり》を濁す。

比奈子と女史は視線を交わし、保に付いて研究室へ入った。

保の研究室は、天井から様々な色のコードが下がり、製作途中の機械や部品で溢《あふ》れている。雑多なスペースに異彩を放つのは巨大なカウチで、永久に愛された記憶を与える装置として保が製作したものだ。カウチには少年が初めて心を許した比奈子の匂いと体温がプログラムされているのだという。

この研究室も、センターの例にもれず監視カメラがつけられているが、金子の部屋で監視映像を確認し、保は、どの場所が死角になるかを把握していた。そして壁や天井や床に機械を増やし、監視カメラの自然な死角を増やしていた。

「最近は、永久くんに音楽も聴かせているんですけれど、カウチに仕込もうか迷っていて……」

自分がカメラの死角に入ると、保はパソコンを操作して音楽をかけた。

それは壮大なクラシック音楽で、比奈子は複合的な音の渦に突然巻き込まれたような感じがした。考えてみるとセンターで音楽を聴いたのは初めてだ。保は薄く笑っていて、程よい音量に調整を加える。

彼は工学博士でもあるのだから、この音に、もし、何かの電波が混じっていてもおかしくはない。不穏な犯罪ばかりに遭遇するので、つい、そんな想像が働いてしまうのだ。ところが、それが当たっていたかのように保は言った。

「周波数を変化させて会話を録音しにくくしています。緊急にお知らせしたいことがあったので」

その言葉に保の真意を知って、死神女史は永久のカウチにくつろいだ。

「いい椅子じゃないか。あたしの研究室にも欲しいくらいだ」

軽く微笑んでから、「で？」と訊いた。

「永久くんがついに影人間の正体をつきとめました。ハッキングされる危険があるのでデータは起こしていませんが、彼らはセンターで死亡して、ボディファームにいるはずの献体だったんです」

「どういうことですか？」

訊くと、保は初めて比奈子を見つめた。極力頭は動かさず、視線だけを向けてくる。

「おそらくですが、メインコンピュータの死亡履歴を書き換えたのだと思います。金子君が描いた人物像をすべてチェックしていった結果、影人間と同じ数だけ、見知らぬ研究者が交じっていました。その中に、たまたまぼくがカウンセリングを担当していた毒物学者もいて、それでカラクリがわかったんです」

「毒物学者？」

「串田《くしだ》先生と仰る方です。昨年の春に心筋梗塞《しんきんこうそく》で亡くなって、遺体は献体としてボディファームに運ばれたはずでした。なのに、串田先生のＩＤで、別人が毒物の研究を……」

「誰かが彼になりすまして、研究を続けているってことなのかい？」

「そうです。だから金子君は『幽霊』と呼んだのです。すでに死んだ人だから」

「そんなことが可能なんですか？　死んだ人になりすますなんて」

「センターならではの、特殊な事情があるんです」

監視カメラを欺くためか、保は天井のコードに手を伸ばし、それらを選《よ》り分けながら先を続けた。デスクに椅子が二脚あったので、比奈子も一つに腰掛ける。

「もしも比奈子さんがいなくなって、誰かが貴女《あなた》の代わりをしたら、もちろんぼくは気が付いて、彼女は比奈子さんじゃないと言うでしょう。でも、ここではそういうことは起こらないんです。ここにいる人たちが関心を持つのは自分の研究や検体であり、人そのものじゃないから。センター内では個人同士の交流がない。昨日は比奈子さんだった人が、今日は石上教授として研究室へやって来ても、それに関心を持つことがない。白衣を着た研究者、そんな認識。金子君の部屋で監視映像を見ればわかるけど、彼らが見るのは研究の推移と手元のデータで、互いの顔を見たりはしない」

「ここはそういうところなんだよ」

死神女史も比奈子に言った。

「見慣れない誰かが交じっていても気づかれない。そもそもセキュリティが万全だから、そういうことが起きると思ってもいないしね」

「でも、じゃあ、その人たちはどこから入って来たんですか？」

「わかりません。でも、人間がいる場所に人間が入ってこられないはずはないから」

死神女史が顔を上げ、

「ここって、指紋と虹彩《こうさい》で認証が行われているんだよね？」

と保に訊いた。

「そこなんです」

保は視線で肯定し、ちょっと苦しげな表情をした。

「ここに来た初めの頃、永久くんはボディファームの遺体に異常な興味を示していました。だから、彼が最初に親しくなったのはスサナです。永久くんはあそこへ通い詰め、そして、ぼくにこう訊きました。ねえタモツ、ボディファームに目と指がない人がいるのはなぜ？　って」

思わず上げそうになった声を比奈子は押さえ、保は微《かす》かに頷《うなず》いた。

「その時は、何か理由があってスサナがそうしたと思っていた。晩期死体現象のデータを取るためにしたことだと」

「スサナなら、遺体から指紋と虹彩を盗めたってわけかい……なるほどね……」

「永久くんにはメガネではなくコンタクトレンズを作ってあげたいと思っていたので、スタッフに紹介してもらって眼球の研究者とアクセスしました。ついでに訊《たず》ねたら、コンタクトレンズに虹彩を代用させることは、技術的に可能だということでした」

「スタッフは通いだからセンターを出入りできるよね。眼球と指紋を持ち出して、死亡登録を抹消し、死亡者の指紋と虹彩を持った人物が入ってくれば……」

「入れ替わりは可能ですね」

「それができるのはスサナだけです」

悲しげな声で保は言った。

センターには保のような犯罪者が何名かいる。彼らは頸動脈《けいどうみゃく》直下にマイクロチップを埋め込まれて管理され、生きてセンターを出ることはない。スサナも首にマイクロチップを持ち、自身はセンターを出られない。でも眼球と指紋だけならば、誰かが持ち出すことは可能なのだ。

「目玉も皮膚もボディスキャナに引っかからないからねえ」

「それをお知らせしたかったんです。影人間の所在もわかっています」

保は比奈子に目を向けるなり、「あっ」と叫んで身を引いた。天井のチューブから液体が出て、白衣の裾《すそ》を汚したのだった。

「たいへん」

比奈子は思わず立ち上がったが、もちろんポケットにはハンカチすらない。手近にあったティッシュを素早く抜いて、保の白衣を拭《ふ》き取っていると、

「メールすることもできないから、あなたが記憶していって下さい、比奈子さん」

保が比奈子に囁《ささや》いた。

それで比奈子は、これが保の仕組んだお芝居だったと気が付いた。

「わかりました」

比奈子はデスクに手を置いて、人差し指を天板に当てた。頭の中で絵を描きながら、

聞いたことを記憶すると、絵を見るだけで音声を思い出すことができる。保の方は慌てた素振りで白衣のボタンを外し、胸を開いた。そこには金子未来が描いた影人間の鮮明な似顔絵が貼り付けてあった。俯《うつむ》いたまま、保が囁く。

「影人間は五人です。残念ながらぼくが名前を知るのは毒物学者の串田先生だけですが、ほかに脳科学者の四十代男性、四十代白人女性。あとは三十代後半と思《おぼ》しき男性が一人いて、彼がスタッフだと思うのです。永久くんが見つけた時、スタッフ用のウエアでトレーニングジムにいたそうだから。もう一名は、たぶん画像が遠かったために、金子君の絵も不鮮明です。見た通りにしか描けていない」

頭の中に幽霊を描きながら指を動かし、比奈子はじっと似顔絵を見て、

「記憶しました」

と小さく答えた。

「便利だねえ」

死神女史がふふんと笑う。保の表情は冴《さ》えなかった。彼は白衣を脱いで画用紙を包み、その場で新しい白衣に着替えた。

「スサナの首にマイクロチップがあると知った時はショックだったけど、それでも彼女は親友でした。ここにいる数少ない友人の一人だと思っていた」

「あたしも彼女を信用していたんだよ。実際、何度も意見をもらっているしね。スサナがあたしを欺いたことは一度もないし。でも、スサナ以外の人間がボディファームの遺体をどうこうできるとも思えない。あそこはスサナの管轄で、彼女を管理する人間はいないんだから」

彼女の事を調べてみるよと女史は言い、あんたも注意しなよと保を見上げた。

「こんなこともあろうかと、手を打っておいてよかったよ。実はね、無駄な心配をかける必要もなかろうと、今まで黙っていたんだけれど」

話すよ、いいね？　と訊《き》くように、死神女史は比奈子を見た。比奈子は深く息を吸い、瞬《まばた》きでわかりましたと女史に伝えた。

「暮れに総合病院が襲撃されて、あんたにプロファイリングを頼んだよね？」

「覚えています。入院中の受刑者が殺害されて、病院関係者が行方不明になり、惨殺死体で発見された」

「そう。なぜそんな惨《むご》いことをしたのか、犯人の目的は何なのか、あんたにアドバイスを求めたよね。けっこうさ、適確な答えが返ってきたよ。なんだったたっけ？」

「それがカムフラージュだったとしたら、どうでしょう？　病院を襲撃したとき、犯人は目的を果たせなかった。そして目的を果たすために看護師長を誘拐しなければならなかった」

　比奈子は保の言葉を暗唱した。犯人はカムフラージュのために受刑者を殺し、混乱に乗じて、保が入院している事になっていた偽の病室を襲ったのだ。そこがもぬけの殻だと知って看護師長を誘拐し、保の居場所を吐かせるために拷問して、殺害した。

「受刑者襲撃はカムフラージュだという、あんたの推測は正しかった。奴らの本当の目的は、中島保の拉致《らち》だったんだから」

「え」

　まんまるメガネの奥の目を、保はわずかに瞬いた。

「ぼくを襲うためですか？　あそこにぼくがいると思って？」

　叫ぶでもなく、取り乱すふうもなく、保は聞いた。もう瞬きもできないままで。

「そう」

　女史がハッキリ肯定したので、比奈子は思わず目を閉じた。保が感じた衝撃が、自分の頭を殴ったような気がしたのだ。このことを、保に知らせたくはなかった。善かれと思った行動が他人の命を奪ったことで、彼は深く傷ついているのに。どこまでも深く傷つきながら、贖罪《しょくざい》のためにだけ生きているのに。

「ぼくのせいで」

「悪いのは犯人だから、ショックを受ける必要はないなんて、残念だけど、あたしは言わない。奴らの狙いはあんただし、他人の脳に細工して自在に他人を操れる技術があると、奴らに錯覚させたのもあんただからね」

何を言われたかわからないという顔で、保は微かに頭を振った。他人の脳に細工して自在に操る技術なんて、嘘っぱちだ。保が可能にしたのは、快楽殺人者の脳に腫瘍《しゅよう》を発生させて、激しい殺人欲求を自らに向けさせることだった。

「他人の脳を操るなんて、そんなこと、できるはずないじゃないですか」

「相手はそう思っちゃいないってことだよ」

「腫瘍発生装置は壊しました。もう、持っていない」

喘《あえ》ぐように、保は言った。

「また作ればいいと奴らは思う。あんたの事情は関係ないんだ」

「作る気はない。二度と……絶対……」

「わかっています」

横から比奈子がそう答えた。駆けよって保に触れたかったが、カメラが見ているので今はできない。重要な会話がなされていると知られてしまうから。

「野比先生の気持ちはわかっています。だからこそ、辛《つら》い『潜入』を引き受けて、犯罪捜査に協力してくれていることも、私たちはわかっています。石上先生は責めるために襲撃事件の話をしたんじゃないんです。野比先生に危険が迫っていることを、知って欲しいと思ったから……」

「誰があんたを狙っているのか、少しずつわかってきたんだよ。光のロゴマークを使うスヴェートという組織。日本に公益財団法人・陽の光科学技術研究振興財団って組織を立ち上げて、科学者の支援をしながらバイオテロリストを育てているらしいこともわかってきた。ここで調査してもらった人魚の遺体も、スヴェートの息がかかった我孫子って科学者が創ったものだ」

言葉が聞き取りにくいとでもいうように、保はぶるんと頭を振った。蒼白《そうはく》で、今にも泣きそうな顔をしている。

「しっかりしなよセンセイ」

俯いて、死神女史が叱咤《しった》した。

「自分を哀れんでいる時間なんかないよ。『外』は目まぐるしく動いているんだ。あんたがここにいることを、幸い奴らはまだ知らない。だから今のうちになんとかしないと。あんたの呼び方をタモツではなく、ヤスシにしといて正解だった。ベジランテボード総合病院に入院していた中島ヤスシは行方不明だ。ここでのあんたは心理矯正のカウンセラーで、素性を知る者は誰ひとりいない。だから、もう少し時間が稼げると思うんだ。組織を白日の下に引っ張り出して、早いところ一網打尽にしてしまわないと……」

死神女史は顔を上げ、保の目を真っ直ぐ見上げた。それから自分に言い聞かせるように、ゆっくり保に予言した。

「……バイオ技術で創り出された殺人集団が出現するよ。財力と野望と悪魔の心を持った人間だけが、世界を自由にできるような」

ゾッとした。硫酸プールで溶かされていた夥《おびただ》しい遺体や、地中から掘り出された骨を思い出す。どんな人間がそれをしたのか、わかっている。他者の痛みを顧みず、自分を神だと信じた奴らだ。一周廻《まわ》ってただのバカ、東海林が言っていたような、究極のすっとこどっこい野郎なのだ。

ああ、酷《ひど》い。比奈子は心で血を流す。保のショックと動揺がわかるからこそ辛かった。でも今は、彼に知って欲しいと思った。保が自分たちにどれほど大切な存在か。適確なプロファイリングが、何人の命を救えるのかということを。

「野比先生。どうか力を貸して下さい。外では連続殺人が起きています。被害者の血で魔法円を描き、心臓を刳《く》り抜いてその中央に置く。三十年前、十二年前、そして今年はすでに二件。一件の犯人はスヴェートの殺し屋で、留置中に自殺しました。でも、他の事件の犯人は、目的すら不明で……」

「それだけじゃない。奴らの被害者と思しき遺骨がザクザク見つかって、さしものあたしもお手上げでね。背景にスヴェートの影がちらついているってだけで、なかなか全容が見えてこないのさ」

「野比先生……大丈夫ですか？」

保が流した音楽が、波のように盛り上がって、静かに終わった。彼は唇を震わせて「え……」と言い、パソコンを閉じてメガネを直した。

「大丈夫。大丈夫です。少し、下へ行きませんか？　何か飲みましょう。そう、アイスティーでも」

彼は比奈子に笑いかけたが、その笑顔は引き攣《つ》っていた。比奈子は自分が保を傷つけてしまったような気持ちがした。

部屋を出てロビーに向かって歩いていると、永久がエレベーターを降りてきた。保と比奈子が一緒にいるのを見ると、

「おねえちゃん！」

と声を上げ、一目散に走って来た。床に屈《かが》んで両手を広げ、比奈子は永久を抱きとめる。こんなことは初めてだった。こんなに素直に永久が感情を表したのは。

永久は比奈子に抱きつくと、体を離してニッコリ笑った。

「いつ来たの？　今？」

それから死神女史に顔を向け、

「死神博士も、こんにちは」

と頭を下げた。その頭越しに、比奈子と女史は視線を交わす。

「へええ。ちゃんと挨拶《あいさつ》できるようになったんだね。偉いじゃないか」

「挨拶は前もしてたよ、忘れたの？　死神博士は頭が悪いね」

「おや、そうだったかねえ」

そりゃ悪かったと言いながら、女史は永久の頭を撫《な》でた。

「わずかの間で、こんなに表情が変わるものかい？　何があったの、この子にさ」

訊《き》かれても、保は微笑むだけだった。永久の前で喋《しゃべ》れることと、喋れないこと、その線引きを明解にしているのだと比奈子は思う。

「お姉ちゃんたちはどこに行くの？」

永久は比奈子を見上げて訊いた。

「ロビーよ。お茶を飲みに」

永久君も行く？　と、言いそうになって、子供の前でする話題ではないと気が付いた。助言を求めるように保を見ると、永久の方が先に言った。

「じゃ、ぼく、見せたいものがあるから持っていく」

「なあに？　見せたいものって」

「内緒だよ」

そう言ってクルリと背を向けた永久を、比奈子は敢《あ》えて呼び止めた。しゃがんで永久の耳元に囁《ささや》く。

「影人間を探してくれてありがとう」

永久は満面の笑みを浮かべたが、すぐ真剣な顔になって比奈子に答えた。

「その話はここでしちゃダメ。話していいのはタモツの部屋だけ」

そうして一目散に廊下を駆けて行ってしまった。その後ろ姿を見送りながら、

「成長し始めたんですよ。彼の心も」

と、保は言った。きっとそうなのだろうと、比奈子も思う。飾り気なく子供らしい表情の永久を、初めて見ることができたのだから。

ベンジャミンの木の下に、比奈子らは席を取ることができた。この時になって初めて保に聞かされたのは、この席だけは生い茂る葉が目隠しになって、表情を隠せるということだった。もっとも、何事か起きない限りは監視映像が確認されることもないのだろうが。その席で、順を追って女史は魔法円殺人事件の概要を語った。

「本当は、三十年前の事件から、すべての現場写真を見てもらえればいいんだけど、今日は準備が間に合わなかった。なんたって当時はアナログだったんだから」

テーブルに腕を載せ、柔らかに指を組みながら、保は女史と比奈子を交互に見た。

「では、詳細を聞かせて下さい。先《ま》ず、描かれた魔法円がデタラメの図形だったというのは本当ですか？」

比奈子が答える。

「専門家の意見も聞いたそうですが、そもそも黒魔術の魔法円は呪術師を守るための結界であり、円の中心にいるのは呪術師で、サークルに供え物を置くこともないそうです」

「心臓は供え物のつもりだったのかなあ」

保はメガネを持ち上げてアイスティーを啜《すす》った。三十年前に端を発した一連の事件にわずかな差があることや、今年起きた二つの事件の状況を聞き終えると、保は目を

閉じ、無言のまま考えていた。やがて静かな目で女史を見て、

「やはり現場写真を見せて欲しいです。捜査に協力するという名目ならば、できるでしょう。ここはそういう施設なのだし」と言った。

「わかったよ。データを送ろう」

女史はそう返答し、「でもね、あーあ」と、ため息をついた。

「写真はあたしも持ってるけどさ、ファイルをバラして、スキャニングしなきゃならないんだよ。めんどくさいったら」

そこで比奈子がその役目を請け負うと申し出て、データの件は決着が付いた。

「いずれにしても、最も情報を持つのは最初の事件だと思います。同一犯の仕業なら三十年前の事件が。別の犯人なら、それぞれ三十年前と十二年前の事件が発端になるということですね。データが来たら、ぼくはそれぞれの事件に『潜入』してみます」

潜入は保が好んで使う言葉である。

生まれつき感受性が鋭くて、他人に感情移入しやすく、フラットな思考を持ち、吸収力と包容力があり、そして泣き虫の自分だからこそ、時に犯人の心理をなぞってゆけるのだと保は言う。現場の惨状をトレースしながら次第に犯人と同化して、犯人の心理をダイレクトに感じる。考え、行動、その裏側の心理を知って実像に迫っていく

のだ。ただし、繊細すぎる故に被害者の心も激しく感じ、保の心は血を流す。何度も殺し、何度も殺され、彼の精神は傷ついていく。

無理はしないで下さいと、比奈子は声に出しそうになる。言っても保は潜入をやめない。彼に同情し、彼を引き留めようとしたという、自己満足が比奈子に生まれるだけなのだ。この人は、自分が手にかけた快楽殺人者の贖罪《しょくざい》のために自分を殺す。そのためにだけ生きている。自分の未来のためでなく、死者に許しを請うために。

「頼むよ」

死神女史は頭を下げた。

「時に石上先生」

唇を噛《か》む比奈子のほうを見もせずに、保は死神女史に体を向けた。

「どうやらここも安全じゃないとわかってきました。事態は深刻で、急を要するし、スサナが献体から情報を盗んでいたとするならば、ぼくの味方は一人もいません」

「たしかにね。迂闊《うかつ》に誰かと会話することも危ういよ、気をつけて」

保は女史に頷《うなず》いた。

「もしもぼくが狙われているのなら、永久くんが巻き込まれることだけは避けたいんです。かといって、彼はまだ不安定で、外へ出すこともできません。影人間の情報をくれた金子君は信用のおける青年ですが、会話で意思の疎通ができないし、永久くんの面倒をみることもできない」

「万一のことを考えているのかい？　あの子を自分から離したい？」

「できれば」

と、保は言った。自分が襲撃された時の事を案じているのだ。そのためならば、彼は自分の命を容易《たやす》く犠牲にするだろうと比奈子は思って、怖くなった。

「永久君には野比先生が必要です。今、彼を独りぼっちにしてしまったら、二度と人を信じなくなるでしょう。あの子はまたZEROになる。そんなことは」

保は優しい目を比奈子に向けて、微笑んだ。

「そうですね。そんなことはしたくない。ぼくはあの子を救いたいし、あの子にぼくを救って欲しい。比奈子さん、大丈夫。ぼくの考えは『そう』じゃないから」

比奈子の気持ちを見透かしたように保は笑う。

「永久くんの味方になってくれる人物を、ぼくの他にも探しておこうと思うんです。ここにいる人たちは特異だけれど、エスパーの集団みたいなものだから」

「エスパーねえ……」

「そこで、ですが、石上先生に傾倒しているジョージという法医昆虫学者と、図書室の管理人。直感として、この二人は信用がおけると感じています」

女史は、「はあ?」と、首を傾げた。

「サー・ジョージかい? やめておきなよ。図書室の爺《じい》さんはともかく、変態法医昆虫学者を信用するって、あんたは何を考えてるの」

「すべてに於《お》いて信用がおけると言っているわけじゃありません。彼はそもそも、虫と石上先生にしか興味はないのだし、石上先生に関することなら、協力してくれると思うんです。二人の利点は共に心を閉ざしているところにある。そういう人だからこそ、容易く懐柔されたりはしない。永久くんに特別な興味を持つこともない。そう思いませんか?」

「思うも思わないも、彼は」

人殺しじゃないか。と、言いかけて、死神女史は口をつぐんだ。

「人殺しはぼくもです。永久くんも」

保が静かに微笑んだので、比奈子は胸が潰《つぶ》れそうになった。

過去は変えられない。変えられるのは未来だけだ。なにひとつ持ち込めないセンターで、ポケットはいつも空っぽで、お守りの七味缶はそこにない。それでも比奈子はポケットに手を入れて、爪が食い込むほど拳《こぶし》を握った。

「ぼくは永久くんを守らなきゃならない。スヴェートの魔手がぼくに向かっているとして、ぼくに最も近い場所にいるのは永久くんです。しかもあの子は特殊な目を持っている。彼らがそれに気付いたら、あの子に危険が及ぶかも。早急に子供用コンタクトを完成させて、ぼくに何かがあったとき、あの子の逃げ込める場所を作っておかないと。外ではなく、この中に。金子君と永久くんが仲良しであることは、すでにスタッフに知られているから」

保は変態法医昆虫学者サー・ジョージに接触する方法を女史に訊《たず》ね、女史の名前を使わせて欲しいと頼んだ。永久は頭のいい子供だから、万事上手《うま》くやりこなすだろうと。そのミッションが彼に自信を与え、やがて殻を破って自我が芽生えてゆくことだろうと。人殺しでも、永久にはマイクロチップが埋め込まれていない。それはセンターが彼の更生に一縷《いちる》の望みを持っていることを意味し、保もそれを信じているのだ。

潜入結果はメールしますと保が言って、比奈子らが席を立ったとき、ロビーと中庭をつなぐ通路から永久が来た。両手に何かを握りしめ、赤いネックホルダーを揺らして走って来る。息せき切ってテーブルに来ると、永久は得意げな顔を比奈子に向けた。

「持って来たよ。お姉ちゃん」

握った両手を比奈子に突き出す。

「なんなの？」

ふふ。と、少しだけ笑ってから、比奈子が広げた手の上に、小さな物をコロンと置いた。それは乳色をした造形物で、滑らかで軽く、ひんやり冷たい。いびつな豆を模したような球体を見ると、

「脾臓《ひぞう》だね」

死神女史は即座に言った。

「そう。セイウチの牙《きば》で作ったの。人の骨じゃない。海の先生にもらったんだよ」

比奈子は驚いて造形を見た。もともと永久には完璧《かんぺき》なものを完璧に作る性癖があったけれど、いつの間にこれほど技術を磨いたのだろう。

「ケースになってるの。ほらね」

そう言って、永久は小さな脾臓を二つに割った。割れ目に見えるのはＵＳＢの接続口で、内部に本体が隠されている。

「ＵＳＢメモリのケースなの？　すごい、永久君、ホントにすごいね」

お世辞ではなく比奈子が言うと、永久は顔中をくしゃくしゃにして笑ったが、奇声を上げることはなかった。

「すごい？　ねえ、ぼく、すごい？」

「驚いた。器用だこと」

死神女史が手に取って、矯《た》めつ眇《すが》めつ眺めていると、永久は飛び上がって牙の脾臓を取り返した。

「死神博士にはあげないよ。でも、欲しいなら別のを作ってあげる」

「そうかい？　欲しいねえ。そんなすごいのが作れるならさ」

死神女史がそう言うので、

「でも先生、センターから何かを持ち出すことは……」

小さな声で比奈子が諫《いさ》めた。それでも女史は気にせずに、

「あたしにも作っておくれでないかい。そうだね、肺か、心臓がいいかな」

などと言う。それから比奈子を振り向いて、

「せっかく作ってくれるというのに、遠慮する必要なんかないんだよ」と、言った。

「持ち出さなくたっていいじゃないか。どこかにさ、あたしたちの宝物を保管しておく場所を作ればいい」

それで比奈子は、女史が何を考えているのか理解した。保もそれがわかったらしく、

「ありがとうございます」

と、女史に言った。

比奈子と女史の宝物を保管する場所。その場所を提供してもらうために、保は永久を連れて図書室や、サー・ジョージの許《もと》を訪ねるのだろう。比奈子らも、永久のプレゼントを見るためにそこへ行けばいい。図書室はともかく、虫だらけのジョージの部屋は閉口だけど。

「これをあげる人はもう、決めてるんだよ」

永久は悪戯《いたずら》っぽい顔で笑ったが、その真意を比奈子が知る由もなかった。

センターのロビーを出て行く比奈子と女史を、スサナは遠くの席から観察していた。タモツの許をしばしば訪れる外部関係者は、石上妙子とその助手だ。石上は法医学者として警察組織に協力しているのだから、特殊な案件に意見を求めに来るのはわかる。だが、気に掛かるのは二人を見送るタモツの表情だ。彼は感情が豊かだから、誰と接する場合でも事務的以上の反応を見せるが、あるときから、スサナはタモツの表情の微《かす》かな機微に気が付いていた。

石上の助手だという小さな女。彼女といるときだけは、丸メガネのとぼけた青年が本心を見せる。切なさと優しさ、もどかしさと悲しさ、そして喜びが覗《うかが》える。飄々《ひょうひょう》と柳が風を受け流すような、タモツの影を感じるのだ。

人が腐敗していく臭いに激しいセックスアピールを感じる、こんな体質になってしまった自分にも、逃れられない過去があるように、タモツにも過去があるのだろう。

「つまり……タモツは大好きなのね？　あの小さなレディのことが」

長い黒髪を片手で掻《か》き上げ、スサナはひとりほくそ笑む。

恋はするがいい。身の程をわきまえながら。愛を交わさない恋ならなおさら、甘い想いのみを堪能《たんのう》できる。

ここには、生涯をこの中で過ごし、死んでからも献体になって残る人物が結構多い。自分のように罪を犯して外に出られない人物はもれなく。外部と自由に行き来できるスタッフにも献体を望む者は多いのだ。ひとつには、ここで研究されている事柄を知るにつけ、死という現象に無駄な幻影や恐怖を抱くことがなくなるからで、ひとつには、研究に埋没するあまり弔ってくれる相手を失ってしまうからなのだ。

タモツは後者だとスサナは思う。だからきっと、生涯施設を出ることはない。いつか研究対象の永久がここを出て行けば、タモツの人生も終わるのだろうと。

「ねえタモツ」

スサナは口の中で保を呼んだ。

「その時は、ボディファームで暮らしましょう。二人並んで、少しずつ、溶けて腐って骨になるの。空を見ながら、風に吹かれながら、雨に濡《ぬ》れながら……」

素晴らしいわ。と、スサナは言って、ハイビスカスのお茶を飲み干すと、自分の職場へ戻って行った。

ロビーを出て行くスサナの姿を、金子は薄暗い自分の部屋から監視映像で観察していた。ロビーを俯瞰《ふかん》するカメラには、保や永久、死神女史と比奈子が映る。永久の肩に手を置いたまま、女史と比奈子を見送る保が二人から目をそらせずにいる様を、金子は見ながら首を傾げて、そして別のモニターに、古い映像を呼び出した。

二年前の夏に、センターの中庭で撮られた映像だった。炎天下に降り注ぐ真夏の日射し、濃く影になった樹木の木陰で口づけを交わす二人の姿。一人は保で、一人は比奈子だ。ついばむように始まって、貪《むさぼ》るように終わったキスのあと、保は無言で背中を向けて、中庭を出て行った。残された比奈子の表情も、監視カメラは捉《とら》えていた。

「タモツ……」

と、金子は呟《つぶや》いた。それからロビーの監視映像に視線を戻す。比奈子と女史はいなくなり、保は永久とアイスクリームを食べている。

「……スキ……？」

金子はゆっくり首を傾げて、センター前の広大な庭を行く比奈子らの姿を追いかけた。痩《や》せた白衣の女が先を行き、小さい女がその後を行く。

「ナイショ」

金子は古い映像に目をやると、速やかにそれを抹消《まっしょう》した。

第七章　コピー

死神女史の研究室で過去の事件ファイルの写真をスキャンしてから、比奈子は、ようやく桜田門に帰って来た。途中、駅ナカで羽二重《はぶたえ》団子でも買おうかと思ったが、八王子西署と本庁の捜査本部は勝手が違うのであきらめた。呑気《のんき》に団子を食べている場合かと、一課長の川本に叱られそうな気がしたからだ。どうしても、本庁捜査一課にいる東海林の立場を考えてしまう。八王子西署の連中は甘いなどと言われたら、東海林どころかガンさんの立場もなかろうと。

本庁のエントランスで、比奈子はガラスに映る自分に姿勢を正す。衿《えり》を直し、ブラウスを引っ張り、背筋を伸ばして入って行く。所轄にいても、本庁も、同じ警視庁には違いないのに、それでもやはり警視庁本部では緊張を強いられるのだった。

「そう考えると、本庁でも相変わらずの東海林先輩って……」

実はすごいヤツなのだろうかと思ったりもする。死神女史は、ただのバカだろ？

と笑いそうだけど。

厚田班のブースに着くなり、そこがあまりに手薄なことに気が付いた。パソコンに貼り付いているのは三木と御子柴だけで、清水も片岡も倉島も、東海林もガンさんの姿もない。

「只今《ただいま》戻りました。他のみんなは?」

訊《き》くと三木が顔も上げずに、

「厚田警部補と東海林刑事は川本課長のところですな。清水刑事は忍に乗って、倉島刑事と新潟へ飛んで行きました。この時季は、ドライブには最適ですな」

と、答えた。

「片岡先輩は組織犯罪対策部へ情報収集に行ってます」

モニターを見つめていた御子柴が顔を上げ、

「あれ? お土産はないんですか?」

と、比奈子に訊いた。

「羽二重団子を買ってこようかと思ったんだけど、ここ、人数が多いから」

「うわあー。それだけを楽しみに頑張ってきたのに。なんでぼくの士気を落とすような真似をするんですか」

御子柴はガックリ項垂《うなだ》れて、そのままデスクに突っ伏した。

「ずっとずっと、地道な検索作業を続けて、ぼくはもう限界です」

「お団子はないけど、七味なら……コーヒーに入れて飲む？」

「いりませんよ」

仕方がないので、比奈子はお茶コーナーからコーヒーと煎餅《せんべい》を持ってきて、三木と御子柴の近くに置いた。

「かたじけない。ですが、紙コップ入りのコーヒーはなんとも味気ないですなあ。やはり自前のカップでないと」

三木はブツクサ言いながら、珍しく砂糖とミルクを入れた。隣で煎餅をかじりながら、御子柴が欠伸《あくび》する。

「これ食べたら仮眠してきていいですか？　一応、木更津の牧場の持ち主は探し当てたんで」

「え？　千葉県警のヤマを、なんで御子柴君が追ってるの？」

三木はすました顔で「シーッ」と言い、比奈子に向けて声を潜めた。

「厚田警部補の命令で、手分けしてですな。それもあって、倉島刑事と清水刑事が新潟へ飛んだところです」

「新潟って？」

「御子柴刑事が土地の登記を調べまくりまして、オーナーの名前がわかりました。青《あお》山輔《やまたすく》という人物で、二ヶ月前に死亡しております」

「青山輔？」

その名前に、聞き覚えがあるような気がした。

「青山輔って、誰だったかしら。聞いたことがあるような気がするんだけど」

「地元に代々続く名家のようで、ご自身も県議をやっておられたようですな。資産家で、地元をはじめ複数の不動産を所有しており、あの牧場もそのひとつで、遺族が相続税の物納を決めて、手放すことにしたようで」

「金持ちも三代続けば平民になるようにできてるんですよ。日本の法律は」

横から御子柴が口を出す。

「相続税は膨大ですからなあ。まあ、そのせいで昨今は土地がだぶついて、牧場の土地に大した価値が生まれることもなかったのでしょうが」

三木はグビリとコーヒーを飲んだ。

青山輔、青山輔……青山輔って誰だったかしら。と、比奈子はまだ考えていた。

「それで、その人のところへ倉島先輩たちが行ったのね？」

「左様で。土地の管理は不動産業者に丸投げだったようですが、ご遺族に聞けば何か新しい展開があるかもしれませんので。もちろん千葉県警にも、このことは報告しております」

「お金持ちって得ですよねえ。調べたらこの人、値打ちな土地を買い込んでましたよ。都内にも土地を持ってたようで、こっちは昨年売却したようです。千代田《ちよだ》区の六番町《ろくばんちょう》っていえば、けっこうな金額になりますよねえ」

「千代田区六番町……あっ！」

比奈子は飛び上がりそうになった。

「青山輔は、千代田区六番町にあった『永遠の翼』の持ち主よ」

「なんですかその無駄にロマンチックなネーミングは」

御子柴は笑い、三木は胡乱《うろん》に目を細めた。

「永遠の翼の代表者は、児玉聖司《せいじ》ではなかったですかな」

「児玉聖司は青山輔の娘婿よ。青山輔は児玉永久君のお祖父ちゃんだわ」

三木はパソコンを操って、永久が起こした事件ファイルを呼び出した。そして、

「ああ、そうでしたな、私としたことが」

と、悔しそうに眉根《まゆね》を寄せた。

「新婚ボケですか。三木先輩」

よせばいいのに御子柴はそう言って、三木のゲンコツをおでこに喰らった。

「どうして？　なんで？　いったいどういう繋《つな》がりが……」

比奈子はじっとモニターを見つめた。三木が呼び出したファイルには、辛《つら》い事件が明記されている。昨年の春、長野市内と都内で幼児の部分遺体が神社仏閣に『飾られる』事件が起きた。事件を追っていった先には被虐待児童の支援施設であるＮＰＯ法人永遠の翼があって、青山輔は娘の眞理子《まりこ》と、その夫聖司とともに法人の理事を務めていた。本部とされた千代田区の建物は輔の所有で、事件後は更地にして売却されたと三木は言う。

「身重の眞理子は次男を連れて実家へ帰り、長男の親権を手放したんでしたな。たしか、長男だけは父親が違い、それが虐待につながっていたと。違いますかな」

「その通りよ。でも」

悔しい想いで比奈子は答えた。虐待された長男とは永久のことだ。不義の子供を宿した眞理子に対し、輔は世間体に配慮して聖司と結婚させたのだ。ところが、生まれた永久にはひとつだけ、他の子と違うところがあった。

「父親が違うから、即、虐待に結びついたわけじゃない。永久君は実のお父さんの特徴を受け継いでいて、眞理子はそれが許せなかったの。あの子を見るたび自分の罪を思い知らされて、だからあの子を地下室に閉じ込めたのよ」

「なんですか？　特徴って」

おでこをさすりながら御子柴が訊く。

「目の色よ」

比奈子は簡潔に答えた。

「相手は外国人だったってことですか？　でも、ハーフって美形が多いのに」

そんな簡単なことじゃない。永久が受け継いだのは特殊な瞳《ひとみ》だ。詳しく解明はされていないが、網膜の裏側にあるタペタムの異常で、暗闇でも見える目を受け継いだのだ。少年の瞳は暗闇で光る。まるで夜行動物の目のように。

「青山輔が牧場の土地を取得後に、多数の遺体が遺棄されたってことになるの？」

話を逸《そ》らすと御子柴が答えた。

「青山が土地を取得したのが十五年前。骨は十三年程度経過しているんだから、そうなります」

「あの場所は地区が所有する山林を売却したもので、青山輔の前の持ち主は木更津市の自治協議会でした。昔のように林業で儲《もう》けが出る時代じゃないですからな。むしろ管理が大変だという理由で、市などに無償返還する動きが活発になっておりますが、そういう土地のひとつだったようです」

「管理が大変で手放した土地を、新潟の金持ちが買うって、どうなんでしょうね。金持ちのやることはわからないなあ。伐採と整地で牧場にして、他人に貸して、それで採算が合ったのかな」

「税金対策ということもありますからな。資金が潤沢過ぎた場合は」

三木と御子柴の話を訊《き》いているうちに、比奈子には閃《ひらめ》くものがあった。

「じゃあ、青山が土地を手に入れて、整地して最初に貸した相手は誰なの？　骨を埋められた時期にあそこを使っていたのは？」

「それが、誰もおりません。整地して数年間はそのまま放置されていたようで。あの場所を知っている者ならば、誰でも遺体を埋められたってことですな」

確かに三木の言うとおり。あんな場所の、あんな奥で、誰が何をしていようとも、見咎《とが》める者はいなかっただろう。

「青山輔がその土地をどうやって手に入れたのか、それは調べられないかしら？」

「売買の仲介に入った人がいるかどうか、ですか？　登記簿謄本にはなかったですよ。

青山は土地を現金で購入してますし、借金がないから担保設定もしてないし」

「倉島刑事に電話して、探ってもらったらどうですかな？　まあ、土地の権力者ということですから、悪い話は出て来にくいかもしれませんが……」

三木はそこで鼻の穴を膨らませ、

「そこは、清水刑事が一緒に行っておりますからな」と、言った。

「彼は上手《うま》いですからなあ。人の暗部をサラリと白状させるのが」

比奈子は清水に電話をかけて、訊いて欲しいことを詳しく伝えた。仮眠を取りたいと言っていた御子柴も、すっかり目が醒《さ》めたようにその場を離れない。

「ゾクゾクしますよね。散らばったピースがひとつにまとまっていく感じって」

「捜査に先入観は禁物なのよ？　私たちは、時に人の人生を左右してしまう仕事をしている。そのことを忘れちゃダメよ」

「はーい」

御子柴は、また眠そうな声に戻って返事をした。

「時に、藤堂刑事」

三木は意地悪にもクルリと椅子を廻《まわ》して、比奈子にだけ顔を向けた。御子柴に見えるのは三木の背中だけという姿勢である。捜査本部には本庁の刑事たちが出入りしているが、個別に与えられた任務を遂行しているので、どういう動きになっているのか比奈子らにはわからない。互いの情報を共有し合うのは早朝会議の時だけで、それをまとめるのは一課長と管理官だ。

「行方不明の公安関係者のリストを作っておったのですが」

「え、なんで？」

三木の隣に椅子を引き寄せ、比奈子も思わず声を潜めた。

「こちらは千葉県警とは無関係の話です。警視庁公安部外事第三課所属の警察官が、スーツ姿のまま八王子で殺されておるからですな。スキンヘッドの殺し屋と一緒に」

それだけでなく、と、三木は比奈子をじっと見た。

「ベジランテボード病院襲撃事件に端を発する一連の事件すべてに、公安関係者の影が見え隠れしております。病院襲撃事件では、主犯格とされた理事長の前身が公安職員でした。さらに、日本橋では元公安の山崎松巳が殺害され、局所に入れ墨があったことから、スヴェートの一員だと思われておりますな」

「スヴェートが公安に入り込んでいたってことよね？」

比奈子が言うと、三木はついにどや顔を見せた。本当は、これを言いたくて仕方がなかったのだと、広がった鼻の穴が語っている。

「その逆です。スヴェートに潜入捜査していた公安警察が正体を見破られて殺害された。山崎松巳は潜入捜査官だったようなのです」

そういうことだったのか……と、比奈子は思った。潜入捜査で入れ墨まで入れたとすれば、なんて過酷な職務だろう。

「山崎松巳は独身で、両親もすでに他界。家族もいません。潜入捜査官にはうってつけと言わざるを得ませんな」

「どうしてそんなことがわかったの?」

「片岡刑事です」

と、三木は言った。

「山崎松巳、樋口千章、両名の身元が判明して後の公安部の動きをサーチすると、山崎松巳は潜入捜査官、樋口千章は捜査中に殺害されたようだと片岡刑事は言っております。今も組対に入り浸っておるのは、身元不明だったもう一人の遺体の素性が、わかりそうだということで」

「え、誰なの? 日本橋で殺害されたもう一人は」

三木は様子を窺《うかが》うように首を廻し、御子柴が背中に耳を寄せていたことに驚いた。

「近すぎですぞ、御子柴刑事」

「声が小さいからですよ」

不自然な体勢は余計に目立つとわからないのだろうか。三木はそう言いたげに、コホンと小さな咳払《せきばら》いをし、仕方なく椅子の向きを元に戻した。

「寄居土建の社長、鈴木《すずき》哲《てつ》四十三歳の可能性が出て来たようです」

「寄居土建の……」社長だったのか。

比奈子は驚きで言葉を失った。

「どうしてそれがわかったの？」

「東海林刑事のお手柄ですな。寄居土建と死体処理業者の関連性を強力に推して、川本課長が念の為にと加藤班に調べさせていたようで。加藤班は反発しておったようですが、まあ、誰が考えても、殺害されているとは思いもしなかったようですが」

確かに三木の言うとおり、寄居土建が殺害に関与していることは疑ったが、被害者だったとは思わなかった。ガンさんと寄居土建へ向かったときは、事務所の前で業者たちが騒いでいた。手形が落ちずに会社は倒産。夜逃げしたのだと言っていた。それなのに、加害者ではなく被害者だったとは。

「いったい何がどうなってるの？」

「だー、かー、ら、それを捜査しているんじゃないですか」

どや顔で御子柴にそう言われ、確かにそうだと比奈子は思った。

翌未明、事件は大きく動いた。新潟へ飛んだ倉島と清水が戻ってきて、仮眠中の厚田班全員を起こしたのだった。比奈子は廊下のベンチで眠っていたが、御子柴が起こしに来てくれた。顔をこすって髪を掻《か》き上げ、急いで捜査本部へ戻る。照明を落とした室内は、厚田班の島にだけ卓上ライトが点《つ》いていた。戻ったばかりの倉島がヘルメットを抱えて立っている。隣には清水がいて、仮眠中だったガンさんもワイシャツ姿で腰掛けている。交代で休みをとるために片岡と三木は自宅へ戻り、御子柴が甲斐甲斐《かいがい》しく人数分のお茶を運んで来たところだった。

「お疲れ様です。お帰りなさい」

比奈子が言うと、倉島は白い歯を見せて笑った。

「いいドライブでしたよ。ねえ？」

清水はそう思ってはいないらしく、しきりに尻《しり》をさすっている。バイクの後ろに乗りっぱなしで、お尻が痛いのだと比奈子は思った。

「疲れているところを悪いがな、さっそく話を聞かせてもらう。早朝の捜査会議で報告しなけりゃならないからな」

御子柴が配るお茶をひとつ取り、ガンさんがそう言った。

「ちなみにこっちも報告がある。日本橋で殺害された三名のうち、身元不明だった一名の素性がわかったよ」

ガンさんは捜査手帳を明かりの下にかざした。老眼が進んで、暗いと字が読みにくいのだという。

「鈴木哲四十三歳。寄居土建の社長だった。両親、嫁、子供がいるようだが、社長不在で手形が落ちずに会社は倒産。家族の行方はわかっていねえ。本人確認をしたのは寄居土建に事務所を貸していた不動産業者で、写真を見せたら本人に間違いないと言う。東海林が噂に聞くと言っていたとおり、寄居土建のバックには葵組って組織があって、工事を実質請け負っていたのは葵組だったってこともわかってきた。大手ゼネコンの孫請けで、さく井《せい》、産廃、基礎工などを請け負ってはいたが、寄居土建の社員はいないに等しかった。正社員として登録されていた一人はホームレスで、寄居土建の名前すら知らなかったという。他の社員もそうだろう。建築資格は名義貸しだ」

「幽霊会社だったということですね？」

「そういうことだ」

倉島が訊《き》くと、ガンさんは静かに答えた。

「それじゃ報告を聞かせてくれ。青山輔の遺族には会えたのか？」

立ってお茶を飲んでいた清水が、紙コップを置いてズボンをずり上げた。常に革ジャンを携帯している倉島と違い、背広でバイクに乗るのは辛《つら》かったことだろう。

「先《ま》ず、青山輔の死因に不審なところはなかったですね。腎臓《じんぞう》ガンを患っていたようで、亡くなったのも病院だったし、葬儀も通常に執り行われたようでした。喪主は妻の深雪《みゆき》。数年前まではお手伝いさんも雇っていたというでっかい屋敷で、出戻った長女、孫二人と暮らしています。それで驚いたんだけど、青山輔の孫の太一くんって、千代田区にあった永遠の翼の子だったよね？　お兄ちゃんが永久君という」

「知っているんですか？」

比奈子が訊くと、清水は答えた。

「東海林と聞き込みに行って、話したことがあるんだよ。向こうはぼくを覚えていなかったけど、東海林のことは覚えていたよ。ショーシン元気？　って訊かれたから」

「なんですか？　ショーシンって」

「東海林がそう自己紹介したんだ。東海林恭久、昇進希望、とかなんとか」

その時から、東海林は捜査一課を目指していたということか。いつもヘラヘラしているくせに、やることはしっかりやっていたんだ。本庁の広い部屋や自動給茶機、窓の外に見える街の明かりを、比奈子はそっと振り返る。

「結論から言いますと、話ができたのは太一少年と、妻の深雪だけでした。娘の眞理子は引き籠《こ》もっているそうで……」

倉島が補足する。

「さらに残念なことに、妻からも大したことは聞けていません。屋敷で実質的な権限を持っていたのは青山輔で、妻は後援会のフォローや婦人部の活動などには積極的だったようですが、資産運用などには興味がなく、議員としての輔を助けていたのは、秘書と弁護士ということになりますか。輔の死後、遺産相続の分配に伴って、維持管理の難しい不動産を売却もしくは物納することを決めたようで、木更津の牧場はそのひとつだということです」

「自治協議会から牧場を買った経緯はどうだ？　秘書が知っているんじゃないのか」

ガンさんが訊くと、清水は捜査手帳を取り出した。

「そう思って秘書を訪ねてきました。あの土地は自治協議会から木更津市に無償譲渡されたものであり、競売にかけたのは木更津市でした。競争入札で輔が落札しましたが、奇妙なことに……」

ペラリペラリと手帳をめくりながら、

「落札予定価格よりも百五十万円ほど高い値段をつけているんですよね」

と言った。

「なぜだ？　競争入札の当時あそこはただの山林で、死体が埋まっていたわけじゃねえ。青山輔は、あの土地をどうしても手に入れたかったたってことなのか？」

「それにしては、買って数年間は放置していますよね？」

御子柴が横から口を出す。

「そのあたり、秘書も弁護士も不思議だったと言っています。競争相手もほとんどいなかったのに、どうしてわざわざ高値で落札したのか。輔は篤志家で人格者でありながらも、金勘定はシビアだったということですし、御子柴が言うとおり、買ってからも整地しただけで放置していたようですし」

「新たに牧場事業を始めようとして、頓挫《とんざ》したんじゃないですか？」

御子柴が訊く。我ながら上手《うま》いことを言ったと思ってか、得意げな顔だ。

「そこなんだけどね。奥さんは、牧場を買ったことすら知らなかったそうだよ」

「遺産の整理をする段になって、木更津に土地があることを知ったそうです」

「そうなのかー。金持ちのすることって、わからないですね」

御子柴は腕を組んで首を傾げた。倉島は俯《うつむ》いてメガネを直し、それから両目を瞬いてこう言った。

「ただ、整地した業者は寄居土建なのですよ。木更津市に届け出た入札参加願いに記載があったのでわかりました。土地の使用目的は牧場で、寄居土建は実質工事の業者になっています」

「寄居土建……つまり、事実上は葵組が整地したってことになるのか」

「ふわぁ、これって、つながったってことですか？　ですよね？」

御子柴がキョロキョロとする。

「落ち着け、御子柴」

と、ガンさんが厳しく言った。

「そういや、寄居土建はさく井工事の免許も持ってたな……だが、埋められた遺骨との因果関係がわからねえ」

「そこなんじゃないでしょうか？」

考えるように首を傾げつつも、比奈子は慎重に言葉を継いだ。自分が恐ろしいことを言おうとしているのは、わかっていた。

「東海林先輩が言うように、寄居土建が葵組を通じて遺体の処理や隠蔽《いんぺい》を請け負っていたとしたらどうでしょう？　工事を請け負う名目で、建物の基礎や牧場の地下に遺体を埋めていたとしたら。青山輔の弱点は不義の子を宿した眞理子です。敬虔《けいけん》なクリスチャンだった輔は眞理子の不義を恥じて内密に聖司と結婚させました。もし、もしもですが、寄居土建か葵組がその秘密を知ったとして、秘密の暴露を盾に青山輔を揺すったとは考えられないでしょうか」

「整地で大金をふんだくり、さらに死体捨て場に使うために、どうしても荒れ地を落札させなければならなかったってことですね？」

倉島が言う。彼は眉間《みけん》に縦皺《たてじわ》を寄せて、ソロバンを弾《はじ》くように首を傾げた。

「一体あたり幾らで処理していたのかな？　他人を経由しているから足はつかないし、上手いこと考えたものですね。それにしてもエグいな」

ふうむ。と一同も首をひねった。

真夜中の静けさが、重くのしかかってくるようだった。

「藤堂や倉島の推理が当たっているとして、その場合は、たまたまバイオ実験に使われた遺体が交ざっていたというだけで、複数の事件の被害者たちが埋められていたことになるよね？」

ありえなくはないね、と清水は言って合掌した。

「表向きは土建屋で、その実態は不法遺体の処理業務を請け負うビジネスってか」

「でもさ、十三年前に、遺骨がまとめて埋められた理由は何だろう。現在のところ、牧場の他の場所からは骨が見つかっていないんだよね？」

「牧場に借り手がついてしまったからでしょう。もちろん青山輔は、あの土地がそんなことに使われようとは知らないわけで、土地を貸しても不思議ではない」

倉島が言うと、清水はようやくデスクに座り、自分のパソコンを立ち上げた。

「確かにね。新潟へ向かう前に調べたんだけど、行方不明者の数は年間約八万人とも言われているんだよ。不謹慎ながら、死体の隠蔽はけっこうな稼ぎになるんじゃないかと思うね。バイオ実験の犠牲者もその一部だったのかもしれないし」

「異常な骨が見つかったとして、何でもかんでもあっちの話と結びつけて考えるのは危険だってことかもしれねえな」

ガンさんが自分の顎《あご》を捻《ひね》り始めた。熟考するときの癖なのだった。

牧場の件は、寄居土建による別の事件と考えた方がいいのだろうか。そうして比奈子は思い出していた。埋められていた嬰児《えいじ》のDNAが、永久と一致したことを。

「清水先輩。眞理子の子供についてはどうでしたか？　彼女が最初に出産したのは、双子の男の子だったんですよね？」

清水は倉島の顔を見た。

「それを聞き込んで来たのはぼくだけど、双子だったという話はなかったよ」

「そんなはず……双子で、一人が死産だったとかは？」

倉島も捜査手帳を取り出した。

「青山輔は児童養護施設を運営していた。眞理子の夫だった児玉聖司も施設で育ち、青山輔を父親のように慕っていた。娘の眞理子が父親のない子を宿していると知った時、輔は聖司に頭を下げて眞理子と結婚させた。ここまではいいよね？」

比奈子はコクンと頷《うなず》いた。

「聖司と眞理子の間には太一くんという弟がいて、もうひとり、女の赤ちゃんも生まれていたはずです。ちょうど事件があった前後に」

「その子はもう一歳になっているそうだ。藤堂刑事が双子にこだわっているようだったから、眞理子が最初に出産した病院で当時の記録を見せてもらった。多胎妊娠の記載はなかったし、カルテの超音波画像も赤ちゃん一人だけだった。児玉永久は双子じゃないよ」

「……それじゃどうして……」

「なんだ。藤堂は何が引っかかるんだ？」

ガンさんに訊《き》かれて、比奈子は気持ちを落ち着かせるためにお茶を飲んだ。てっきり、それが事件の突破口になると思っていたのだ。

牧場が青山輔の持ち物ならば、永久の双子の兄弟があの場所に埋まっていると理解できる。そして輔の身辺を洗っていけば、スヴェートにつながる人物が浮上するのではと思っていた。でも、そうじゃなかった。一体どういうことなのだろう。

「藤堂？」

ガンさんに問われて比奈子は姿勢を正し、死神女史が言うとおり、わかっていることだけを口にした。

「昼間、死神女史のところへ行ったんですが、牧場から出た骨のDNAが児玉永久君のものと一致したと聞かされたんです。嬰児の骨だったようですけど」

「一致した？　DNAが？」

清水が頓狂《とんきょう》な声を上げた。

「それで双子だったかどうかを調べて欲しいと言ったんですね？」

「一卵性双生児ならDNAが一致してもおかしくないと思ったんです。でも、そうじゃなかった」

「ならクローンでしょ」

御子柴がしれっと笑う。冗談交じりに再び上手いことを言ったつもりだろうが、その言葉は電撃のように比奈子を貫いた。児玉永久は父親から驚異の瞳《ひとみ》を受け継いでいる。暗闇でも見える瞳、夜行動物のように光る目を。

「え。冗談ですよ。なに真剣な顔しちゃってるんですか、藤堂先輩……」

それから御子柴は仲間を見回し、もう一度小さな声で「え」と、言った。

誰ひとり笑っている者はない。

「眞理子が永久君を妊娠したときの状況はどうだったんでしょう？　強姦《ごうかん》ですか、和姦《わかん》ですか？　それとも……」

比奈子は倉島に詰め寄った。

「大胆なことを訊きますね。どうしてぼくがそんなことを」

倉島は体を引いたが、すぐにニヤリと笑ってメガネを直した。

「と、言いたいところですけれど、ぼくらもそこが気になったので、話を聞いて来たんですよ」

清水が一歩進み出た。捜査手帳を開いて、説明をはじめる。

「メンタル面を含め眞理子を担当していたのは当該産婦人科の院長で、すでに引退しています。御年七十五歳の女性ですが、眞理子は一時男性恐怖症になっていたので、輔が敢《あ》えて女性医師を探したようです」

気持ちはわかる。

「ということは、強姦だったんですね？」

「ところがそうとも言えないんだよ」

倉島が答えた。清水が続ける。

「当時、眞理子はミッション系の女子大に通っていましたが、友人に誘われて参加したボランティアセミナーで相手と知り合ったようでした。元院長の話では、セミナーとは名ばかりの、いかがわしい行為が横行する集まりだったのだろうって」

「いかがわしい行為って？」

「ドラッグですね。たぶん」

と、倉島が言った。

「セミナーでは全員が白い衣装に着替えてお茶を飲む。眞理子はそう話したそうです。若い女の子がちょっと憧《あこが》れるシチュエーションではあるのかな。実態は善意の光をまとったカルト教団、レイプ目的の。ぼくなんかにはそう思えます。何度目かの参加のときに、いつもと同じお茶を飲み、なのに突然意識を失って、気付いたら裸でベッドにいたと、眞理子は泣きながら告白したって」

「相手はどんな奴だったんだ？」

「悪魔だったと答えたそうです。それ以上は、何を訊いても答えなかったと」

悪魔。敬虔《けいけん》なクリスチャンだった眞理子はそう感じ、永久がその特質を引き次いで生まれたことに戦慄《せんりつ》したのだ。比奈子はガンさんを振り向いた。ガンさんもまた、何か閃《ひらめ》いた顔をしている。

「ガンさん。八王子の廃ビルで二人が殺害された時、ランニングマンは暗視ゴーグルをかけていたのではないでしょうか。我孫子を襲撃したときも、彼はゴーグルをしてましたから。暗視ゴーグルは魔法円を描くような細かい作業に適していません。だから、犯人は早々に魔法円を描くのを諦《あきら》めたんだと思います。でも、日本橋の現場はそうじゃなかった。十二年前の歯科医師殺しの現場もです。もしかして」

「犯人は、暗闇でも見えたと言いたいんだな？」

ガンさんが訊いた時、その胸ポケットでスマホが震えた。ガンさんは画面を見ると、素直に通話ボタンを押した。

「厚田ですが」

「警部補、今、話ができるかい？」

比奈子は思わず倉島を見て、そして清水とも視線を交わした。

「初めてじゃないですか？　死神女史がガンさんに直接電話してくるなんて」

心から感心したふうに、倉島は呟《つぶや》いた。

直後、ガンさんの命令で、比奈子は捜査本部の部屋を出た。中島保が潜入を終えて、結果を伝えたいというのだった。センターの保が外部に連絡する方法は、今のところ女史宛《あて》のメールしかない。女史が持つセンター専用パソコンへ、テキストを送ってくるのだ。データが膨大になるビデオ通話は許されず、そうした点では、強固なセキュリティ対策の不便さもあった。

本庁を出て真夜中の通りに立つと、生暖かいビル風が吹いていた。スヴェートが警察内部に侵入している可能性を考えて、ガンさんは建物を離れたのだ。二人は物陰に陣取って、片耳ずつイヤホンを装着した。再びガンさんが電話を掛けると、女史はすぐさま応対した。前置きも、説明もナシだ。

「音声変換ソフトを使うから、会話はゆっくりハッキリしておくれよね？」

言われて比奈子は「はい」と、答えた。

「じゃ、いくよ」

その声を最後に、薄気味悪い機械の声が通話を替わった。

「センニュウヲ、オエマシタ。ぼくのショケンをオツタエします……」

その声を聞いたとたん、比奈子は、殺傷能力の高いアーミーナイフを手に持って、殺人現場に立つ保の姿を想像した。最初に殺したのは警察官の一家だ。犯人は鍵《かぎ》のかかっていないドアから侵入し、最初に夫を、次に母親を、そして子供たちを手にかけた。凄《すさ》まじい暴力の跡。命に対する冒瀆《ぼうとく》の限り……それを保がトレースしたと思うだけで、比奈子はブルブル震えてきた。

「大丈夫か？」

と、ガンさんが訊く。無言で頷《うなず》いて、手のひらに振り出した七味を舐《な》めた。

「サンジュウネン前ノ現場では、家中ノ電気ガ煌々《こうこう》ト点《つ》けられていまし……」

音声ソフトを使ったやりとりは何度目になるだろうか。聞いているうちに内容に引き込まれ、機械音も気にならなくなっていく。

「……犯人は、マズ、出会い頭に父親の頸動脈《けいどうみゃく》に切り付けています。父親は入ってすぐのリビングに、子供たちはそれぞれ自分の部屋に、母親は二階の家事室にいました。犯人は父親の動きを止めてから、階段を上がって家事室へ入る。アイロンを掛けていた母親も、抵抗する間もなく切り付けられていますから、犯人は落ち着いて、普通の足音で、そう、父親が階段を上がってくるような状態で移動したのだとわかります。子供たちは宿題をやっていた。物音に気付いて部屋を出て来た下の子を先に、自室にいたお姉ちゃんを次に襲っている。落ち着いて、冷静に」

比奈子は身震いした。そのシーンを目の前で見ているような気持ちがしたのだ。

「犯人は、この家族に怨《うら》みを持っていないと思う。知り合いですらなかったのかもしれない。たまたま選んだ警察関係者が彼らであり、襲いやすいから襲われたのかも」

「どうしてですか？　なんのために？」

比奈子は訊《き》いた。それを女史が打ち込んで、保の答えをしばし待つ。

「自己顕示欲」

しばらくすると保は言った。

「ひと言でいうなら自己顕示欲でしょう。世間一般に向けられたものではなくて、殺人者が自己の規律に則って自己満足のために顕示したといえばいいのかな。彼は自分の残酷さ、冷静さ、大胆さをアピールしたかったのだと思います。おそらくは、同じような殺人者たちに向けて」

「同じような殺人者たち……それはどういうことですか？」

「組織」

と、保の言葉は語る。

「価値観を共有する仲間たちにです。残虐さ、冷酷さ、機敏さ、大胆さ、そういう価値観を共有する組織に対して力を示したのでしょう。勢力争いが起きていたのではないでしょうか。より強力で、より冷酷な人物がリーダーになったのかもしれない。その後の動きもトレースしてみて、思ったんです。犯人には魔法円を描く場所が必要だった。家族四人を並べられる広さがあるのはリビングで、そこに母親と子供たちを連れて行かなければならなかった。子供はとにかく、瀕死《ひんし》の母親を動かすのは容易でなくて、髪を摑《つか》んで引きずって行き、階段から蹴《け》り落としています。でも、抱き上げられる小さい子たちも同様にしている。この時犯人の心にあったのは、一刻も早く四人を並べて魔法円を描きたいという欲求でした。血はすぐに固まってしまうし、固まれば美しい線は描けないから」

吐き気がした。

「父親は傷を負いながらも動いた形跡がありました。電話で助けを呼ぼうとした。けれども電話線は切ってあり、だから好きにさせておきました。そうして自分はすべき事をした。家具を動かして場所を空け、そこに家族を引きずってきた。犯人はこうした場面に慣れているのです。人が死ぬ場面や殺戮《さつりく》そのものに慣れている」

ビル風が街路樹を揺らす音に、比奈子は恐怖を感じていた。ガンさんがそばにいなかったなら、吐いていたかもしれないと思う。ガンさんの整髪料と背広の匂い、そして微《かす》かな体温が、比奈子を辛うじて現実世界に引き留める。それがなければ殺戮の幻影に呑《の》み込まれてしまったことだろう。

「慣れているのに、魔法円を描いたりして、余計な手がかりを残したなんて。殺人の快楽に溺《おぼ》れて、酔って、アピールしたかったってことですね？」

許せないと思いながら比奈子は訊いた。だが、保の見解は違っていた。

「手がかりは残していません。事件は迷宮入りしています。犯人は目的を果たした」

「目的？　どんな」

「だから自己顕示欲なんです」

保は再び同じことを言った。

「被害者の家は住宅地にあった。そんな場所で、あまつさえ警察官の家族を殺して遺体を飾る。血液を器にとって混ぜ、画を描いて、心臓を抜く。これらのことを速やかに、スムーズに行うことで、彼は自分の力を誇示したのです」

「組織の仲間にですか？　でも、だって、すべてが報道されるわけじゃないし、この事件は悲惨すぎて、報道規制が敷かれたんですよ。詳細を知るのは一部の警……」

そこで比奈子は気が付いた。

「警察内部に？　警察組織内部の誰かに向けた……メッセージだと」

「そうではないかと思います。魔法円がデタラメだったことからしても、犯人が黒魔術に詳しかったとは思えない。悪魔を呼び出す方法があり、それに魔法円というものが使われたという程度の認識。キリストが磔《はりつけ》にされたとき、その血を受けた聖杯というものがあったという程度の知識。古代アステカ文明では人間の心臓を神に捧《ささ》げていたのだというような。そうした上辺の知識を混ぜ合わせただけ。犯人が欲しかったのはセンセーショナルかつショッキングなビジョンと、それを知った者たちの恐れ、それに対する力の誇示です」

「なんだそりゃ。サッパリわからねえ」

ガンさんが吐き捨てた。触れそうな位置にある肩から、激しい怒りが伝わってくる。まるでガンさんが家族を殺されたようだと比奈子は思った。

「十二年前に起きた事件ですが、こちらの犯人は最初の事件と別人です。殺害されたのは大人が五名。最初の事件と同じように自己顕示欲は感じますが、人物は違う。目的も」

「目的はなんですか？　何が違うっていうんですか？」

「二度目の事件は模倣です。最初の事件と違って現場は暗く、でも、動きに一切の迷いがない。最初の事件がセンセーショナルだったから、犯人はそれを踏襲したんだ。

被害者は犯人の知り合いですよ。なぜならば、嵐で停電が起きる偶然が、ランダムに選んだ被害者と重なるとは思えないから。犯人は被害者を監視していたんだと思います。たまたまチャンスが訪れて、だから決行したのでしょう」

「付け狙っていたというんですか？　歯科医師の一家を」

「もしくは一緒に殺された白人男性を……」

「あっ」

と、死神女史の声がした。続いて、

「待って、待って……」と、自分に呟《つぶや》く声もした。

「厚田警部補。当時のＤＮＡ鑑定で、ああ、ほら、三十年前の事件だよ」

「ええ？　はい」

「現場のサンプルを取ったよね。血液をくまなく、あらゆる場所で」

「先生に言われて手配はしましたがね？　そのあと先生が入院しちまって……」

「その時、鑑定結果はどうしたっけ？」

「どうしたって、それは先生の先生だった両角教授が」

「そうだ。そうだよ。そうだった」

バタン、ガタンと音がして、しばらくすると女史はまた言った。

「残っている。今ならもっと詳しく鑑定できる。あと、十二年前の被害者の血液サンプルは」

「そん時も先生が、司法解剖をやらせないなら、せめてサンプルだけは寄こせと担当者を強迫したと聞いてますがね」

「そうだよ。あんた、お手柄だ」

ガンさんは、(何を言ってんだこの人は?)という目を比奈子に向けた。しばらく時間を置いてから、女史の興奮した声がした。

「プロファイラーの先生は、一度目と二度目の事件に鍵《かぎ》があるって。二つの事件は、あたしたちが想像もしないところでつながっているってさ。それじゃ、あたしはすることがあるから。明日の午後にでもこっちへ来てよ」

それだけ言うと、保の残りの音声も流さずに電話を切ってしまったのだった。

「ええ? ちょっと、先生、おい、オバサン!」

ガンさんはスマホに怒鳴ったが、女史が再び電話に出ることはなかった。

「どうなっちまってんだ」

イヤホンを外しながら文句を言うガンさんの向こうに、月が出ている。捜査本部の階には明かりがついていて、その上を、雲が激しく流れていた。

早朝。本庁の捜査会議に、なぜか片岡は遅れてやって来た。川本課長はじめ本庁捜査一課のお歴々が並ぶ雛壇《ひなだん》に一礼して、最後列の厚田班にそっと腰掛けた片岡は、唇が切れて青くなり、こめかみに痣《あざ》ができていた。来ているスーツはヨレヨレで、路地裏で生ゴミを漁《あさ》る濡《ぬ》れ犬のような臭いがした。少し離れた席から本庁の捜査員がこれ見よがしに振り向いて、鼻を押さえる。

「そんなに臭うか？」

声を潜めて比奈子に訊《き》くので、比奈子は無言で頷《うなず》いた。

情報の共有と、捜査の指示を終えて一同が席を立つ。バラバラと部屋を出て行く捜査員に交じって、東海林がそばへやって来た。片岡を見るなり二本指を鼻に突っ込み、

「ろこに突っ込んで来たんすか、カラオカさん？」

と、訊いた。

「シャワー室、下にあるっすよ」

「わかってるよ」

片岡は東海林を睨《にら》み、痛そうに唇の傷を撫《な》でた。

「殴られたんですね？　あ、スーツの脇がほつれています」

「ほんとか？　くそっ、薄給なのによ」

片岡は上着を脱いだが、その下のシャツはさらに汚れていた。雛壇から川本課長と田中管理官が見ているのがわかったので、ガンさんは厚田班を部屋から出した。

廊下の突き当たりには嵌《は》め殺しの窓があり、そこから本庁の周囲が見渡せる。わずかに広いその場所で足を止め、ガンさんは片岡に訊いた。

「何をしてたんだ」

片岡がトイレの方へ目配《めくば》せをして、ガンさんは東海林と三人でトイレへ向かった。とりあえず、比奈子らは厚田班の島へ戻ることにした。

「捜査に暴力を使ったってことですよね？」

島に戻るなり、御子柴が比奈子に訊いた。

「そうとも限らないじゃない。片岡刑事のことを顔で判断しちゃダメよ」

司令塔のガンさんが戻らないので、デスクの書類を片付けながら比奈子は答える。

「片岡は独自の情報ルートを持ってるからね。何か聞き込んで来たに違いないよ」

自分のパソコンを立ち上げながら清水が言うと、

「え、それって情報屋のことですか？　情報屋を使うのって違法なんじゃゃ」

御子柴がどや顔で言う。

「声が大きいよ、新米刑事」

すれ違いざま朝刊で、倉島が御子柴の口を塞《ふさ》いだ。清水はため息をついている。

「あのね。民間人の協力なしに捜査なんてできないんだよ？　きみは遺体をきちんと見たかい？　あの人たちには遺族がいて、家族の理不尽な死に傷ついているんだよ。本人だけじゃなく、ご遺族も人生をズタズタにされたんだ。何があったか究明して、犯人に罪を償わせる。これ以上罪を犯させない。これが急務で、ぼくらの使命だ」

「大切なことは何なのか、よく考えることですね」

倉島が要点をまとめた。

そのうちに、ガンさんと東海林が帰って来た。東海林は片岡の上着をぶら下げてきて、それを比奈子に突き出した。

「片岡さんシャワーに行ったから。これ、縫っといてやって欲しいんだよね」

「わかりました」

と手に取ったものの、背広には粘着物がついていて、生ゴミの臭いがする。

「ゴミ箱にでも落ちたんですか？」

背広をつまんで比奈子が訊くと、

「ご明察」

と、東海林は笑った。

「大きな声じゃ言えないが、組対から情報もらって葵組を探ってたんだと。葵組ってさ、事務所がきちんとあるわけじゃなくて、そのへんが組対でも実態を把握できていなかった理由らしいんだが、なんと！」

東海林は人差し指を振り上げて、比奈子らの顔を順繰りに見た。

「葵組は、必要がある場合にネットでランダムに召集される集団らしい」

「え？　どーゆうことですか」

「組頭と言われる男が使うのが葵組ってハンドルネームで、報酬は現金払い。元締めが顔を見せることはなく、各所に集められて、目隠しされて車で運ばれ、仕事が済めば放り出される。葵組はスラングだ。そういう組事務所があるわけじゃない」

「あとは川本課長に情報を上げて、サイバー犯罪対策課に捜査を依頼することになるだろう。直近の召集メールを入手して、片岡が待ち合わせ場所へ飛んだらしいんだが、潜入には失敗したと言っている」

「刑事だとバレちゃったってことですか？」

御子柴が訊くと、ガンさんは複雑な笑い方をした。

「そうじゃあねえよ。どこかのヤクザが因縁つけに来たと思われたらしくてな。ボコボコにされてゴミ箱に放り込まれたんだと」

「正確には命の危険を感じて、自分からゴミ箱へ飛び込んだみたいすよ。で、警察手帳を落としちゃって、朝までゴミを漁ってたという」

少し遅れて三木が戻った。手にしたビニール袋をガンさんに見せ、

「片岡刑事が犯人を殴った拳《こぶし》から、サンプルを取り終えました。唾液《だえき》や皮脂が付着しておりましたからな、それを見越して手袋でゴミを漁るなんざ、さすがですなあ。ここからDNAが手に入ります。私は、さっそくこれを検査に出して参りますので」

それだけ言って部屋を出て行く。ガンさんは、「さて」と、言った。

「三十年前の事件にも進展があった。今し方、先生から電話をもらってな」

ガンさんがテーブルに着いたので、比奈子らもそれぞれの場所に座った。ガンさんは両手の指を交差させ、ため息をついてからゆっくり言った。

「三十年前の現場からは、被害者一家のものではない血液型が見つかっていた。犯人は手袋を着用していたし、怪我をした形跡もなかったために、事件とは無関係だと思われていたんだが、そのサンプルを、先生の先生が保管していてくれたんだ。法医学実務の両角教授というんだが、死者の無念を生きている者に伝えることが法医学者の

使命だと、死神女史に教えた人だ」

ガンさんはまた息をして、組んだ指をぎゅっと握った。

「最新のDNA鑑定技術に照らしたら、このDNAを持つ人物が今回の事件の関係者の中にいたとわかった」

それから目の前の倉島を、そして清水を、東海林を見つめた。最後に比奈子と御子柴を見て、声を潜めた。

「十二年前に歯科医師一家と一緒に殺害された人物が、それだ」

一同は顔を見合わせた。

「たしか白人男性が巻き添えで死んだということでしたね。その彼ですか」

倉島が訊くと、ガンさんは頷いた。

「そうだ。フランス国籍の六十二歳。当時の捜査資料を読むと、名前はエメで職業は歯科医。入国ビザは観光目的で、日本で医療行為をしていたわけじゃない。で、善意の被害者ということで、遺体はフランスに送り返されているんだが。司法解剖を担当した先生によれば、フランス人は体を鍛えるのが趣味なのかと思うほど筋肉が発達していたそうだ。ちなみに、エメの局部に入れ墨はなかった」

「その人が、三十年前に警察官一家を殺害していたっていうんですか？」

――残虐さ、冷酷さ、機敏さ、大胆さ、そういう価値観を共有する組織に対して力を示したのでしょう。勢力争いが起きていたのではないでしょうか。より強力で、より冷酷な人物がリーダーになったのかもしれない――

保の言葉が頭に響いた。

「まだそう決まったわけじゃねえ。今のところDNAが一致したというだけで」

ガンさんは、慎重になれという表情をしている。

「三十年前にも日本に来ていたんですかねえ？」

「わからんのだ」

清水の問いにガンさんは頭を掻《か》いた。

「当時の捜査は、警官だった夫が保管庫から現金や書類を持ち出していた件や、魔法円に拘《こだわ》るオカルトマニア、あとは夫婦の人間関係を中心に進められた。外国人が絡んでいるなどとは、誰も思わなかったんだ」

――より強力で、より冷酷な人物がリーダーになったのかもしれない――

「模倣犯だと、そう言っていましたよね？」

辛うじて『野比先生が』とは言わずにおいた。比奈子は立ち上がり、コピー用紙を一枚取って戻って来た。そこに鉛筆で絵を描きながら、保のプロファイリングを暗唱する。描いたのは、プロファイリングを聞いた時、天空に浮かんでいた月と雲だった。

「二度目の事件は模倣です。最初の事件と違って現場は暗く、でも、動きに一切の迷いがない。最初の事件がセンセーショナルだったから、犯人はそれを踏襲したんだ。被害者は犯人の知り合いですよ。なぜならば、嵐で停電が起きる偶然が、ランダムに選んだ被害者と重なるとは思えないから。犯人は被害者を監視していたんだと思います。たまたまチャンスが訪れて、だから決行したのでしょう」

「監視されていたのは歯科医師ではなくて、エメというフランス人だったということですか？」

倉島が鋭く訊《き》いた。

「そう考えたら、どうなんでしょう。そもそもエメという人物は、歯科医師の一家とどんな関係があったんで……」

そう言うそばから、比奈子はまた、別のことを思い出していた。千葉木更津の牧場で会った法医人類学者の宗像教授の言葉だった。

「眼窩《がんか》の形態、あとは歯列弓の形状などでも、人種は概《おおむ》ね想定できる。白人は眼窩がナス状、黄色人種は楕円《だえん》形。歯列弓の形は白人がV字、黄色人種はU字で、黒人はコの字型だ」

「はあ？　なに言ってんだ」

耳に指を突っ込んで東海林が訊いた。

「宗像教授が言っていました。歯列弓の形で人種的な違いがほぼわかるって。それで言うなら、歯の治療痕《こん》やデータからは、人物が容易に特定できます」

「だから？」

「歯科医師殺しの目的はふたつ。最初の事件の犯人を殺して、自分が彼に成り代わることと、歯科医院のカルテを抹消することだったんじゃないでしょうか」

「なんでカルテを抹消するんだよ」

東海林は耳から指を出し、真面目な顔で比奈子を見た。

「戸籍を盗んだ人間がいたと思うのか？　その人物のカルテが歯科医院にあって、それを抹消するために火災を起こしたと？」

両手を頭に当てて、比奈子は髪の毛をかき回した。考えるときに顎《あご》を捻《ひね》ったり髪を掻き毟《むし》ったりするのはガンさんの癖だったが、そうすると、思考の奥に眠っていた様々なピースが、必要に応じて浮き上がってくるような気持ちがする。

「ずっと不思議だったんです。三十年前の事件の時、犯人は、警察官の一家にどうやって目星をつけたのか。野比先生はたまたま選んだ警察関係者が彼らであり、襲いやすいから襲われたのだと言ったけど、たまたま、警察関係者を、どうやって選んだのかなって」

「藤堂は、どうやって選んだと思うの？」

清水が訊くと、比奈子は顔を上げて言った。

「保管資料の横流しです。被害者は保管庫の管理をしていて、現金ほか書類などを持ち出した件で監察対象になっていました。書類には保険証や免許証が含まれていたんですよね？」

「偽装に使っていたってことか。保険証から個人情報を抜き取って」

「そう考えれば辻褄《つじつま》が合いませんか？　たとえばですが、事件の初めは三十年前。保管庫の管理をしていた警官が個人情報をエメに売り、エメはその人になりすます。口封じのためにエメは警察官の一家を殺害。そして十二年前、歯の治療痕情報を抹消しようとカルテを狙い、エメは部下に殺害された」

「つまりなにか？　十二年前のあれは、仲間同士の殺し合いだと？」

「その歯科医院では、身元を隠すための治療行為が行われていたのかもしれません。歯科医師を抱き込んで、組織ぐるみで人物を入れ替える犯罪が行われていたのかも」

「その場合、オリジナルはどうなっちゃうの？　やっぱ、生きてちゃマズいよね」

清水が訊くと、比奈子が答えた。

「すべてとは言いませんが、木更津市の遺骨がそうだったとは考えられないでしょうか？　発見されたのは今ですが、当時遺体が見つかっていたとしたならば、全裸で遺留品もないのだから、治療痕が身元判明の手がかりになったはずなんです」

ガンさんたちは「ううむ」と、唸《うな》った。

「なんでですかねえ？」

先輩たちとはトーンの違う声で、その時御子柴が訊いてきた。

「いや、死体の身元からいろいろバレるのがマズいってことで、歯科医が襲われたのはともかくですよ、仲間同士が殺し合ったのはなんででしょう」

「下克上」

と、比奈子は言った。

「組織の上下関係が変わったんじゃないですか？　抗争というか、三十年前に恐ろしい犯行を起こして実権を握ったリーダーを、新しいリーダーが殺害したとか」

「あ、だから敢《あ》えて同じ殺し方をなぞったってこと？　それは考えられるねえ」

「襲った方が暗闇でも見えたとするならば、停電は絶好のチャンスだもんな」

「魔法円は自己顕示欲だと、プロファイラーの先生が」

「自己顕示欲というのは、ちょっとわかる気がするなあ。自分のほうが上手《うま》い、殺人をもっとスマートにやり遂げた、俺を恐れろ。そういうこと？」

そう清水に言われてみれば、比奈子に閃《ひらめ》くものがある。

「十二年前の犯人は、三十年前の犯人を超えることに快感を覚えたのかもしれません。二人はもちろん知り合いで、弟子が先生を超えるみたいな。付け狙っていたのは歯科医師じゃなくて、エメだった」

「組織に殺人学校があるってか。後輩の殺し屋が下克上したってか。なるほどね」

ふざけた調子で言いながら、東海林は真剣そのものの顔をしている。

「プロファイラーの先生は、警察内部にアピールするため、とも言ってなかったか？　事件に報道規制がかかることも織り込み済みだとしたならば、直《じか》に内容を知ることになる警察関係者にアピールしたのかもしれねえと」

「つまり公安にですか？」

倉島が言う。

「もしくは公安内部に潜伏している仲間に、でしょうか？　魔法円殺人事件にもスヴェートが関係していたと」

うーん……と、全員が考え込んだとき、突然、ばかでかい音で着信音が鳴ったので、比奈子は驚いて飛び上がった。それぞれ自分の電話を確認したが、鳴ったのは比奈子のスマホだった。

「再びあたしだよ」

死神女史は疲れた声でそう言った後、

「あんたにかけるか警部補か、判断するのがめんどくさいよ」

と言い足した。

「捜査会議は終わったかい？　ひょんなことから、影人間一名の正体をつきとめたんだけどね」

「本当ですか？」

けれど、影人間の件と魔法円殺人事件は別物である。比奈子はガンさんに、

「すみません。女史からです」

と断ると、厚田班に背中を向けた。

「藤堂先輩はギョーザが食べたかったのかな。これってギョーザとタレですよねえ？」

比奈子が描いた月と雲の落書きを見て御子柴が言う。

「ばーか、ギョーザじゃなくてバナナだろ。バナナとミミズ」

東海林がコピー用紙を引き寄せて訂正した。

「バナナとミミズって、どういう組み合わせなんですか」

餃子とタレに間違いないと御子柴が言うと、東海林は横目で比奈子を見ながら、

「さっき野比先生って言ったよな……？」

と、独り言のように呟《つぶや》いた。

「え、バナナとミミズは取り下げですか？」

「ぶぁーか！　俺が何年藤堂と付き合ってると思うんだ。以心伝心なんだぞ。バナナだバナナ、バナナとミミズ。間違いねえって」

「ちょっと静かにして下さい！」

振り向いて、比奈子は叱った。影人間と魔法円殺人事件。まったく無関係だと思っていた二つの事件に、繋《つな》がりの糸が見えて来たところだったからだ。


その日の午後。比奈子はガンさんと一緒に死神女史の研究室へ呼ばれた。狭い研究室には珍しく先客がいて、それは本庁特別合同捜査本部を指揮する田中管理官だった。

「管理官がどうしてここにいるんですよ？」

ガンさんが訊《き》くと、

「あたしが呼んだんだよ」

と、女史は答えた。田中克治は死神女史の大学の後輩だが、解剖実習が苦手で医者を諦《あきら》め、警察官になった変わり種だ。女史同様に痩《や》せぎすで、なかなか鋭い眼光をしている。細い首を前に伸ばすと、飛び出しそうな目を瞬きながらこう言った。

「木更津の牧場で見つかった遺骨の件では、千葉県警に捜査本部が立ち上がったそうで、本庁にも協力要請が来ています。最終的には、二十代から三十代と思《おぼ》しき成人男性の骨が五体ほど、十代から二十代の女性の骨が七体ほど、ほか、嬰児《えいじ》と思しき骨多数、乳幼児数名分の遺骨が発見されたと報告がありました。うち、男性三名は白人で、一名が黒人だったそうです。身元がわかった者はゼロ」

「人数は骨盤と頭蓋骨《とうがいこつ》からざっくり割り出した数字であり、変形した骨は加えていない。粉砕された骨片なんかも加えると、実際にはもっといるかもしれない。粉砕骨は骨髄が採取できないからね」

「粉砕骨って、なんですよ」

眉《まゆ》をひそめてガンさんが訊く。死神女史は銀縁メガネを光らせた。

「ウッドチッパーとか、粉砕機とかさ、痕跡《こんせき》を残したくないと思ったら、色々あるだろ？　細かい説明を聞きたいかい」

「いえ結構です」

と、ガンさんは答えた。田中管理官はすでに気持ち悪そうな顔をしている。

「田中管理官にも来てもらったのは、あたしの手には負えないからだよ。警視庁は大学のクライアントで、あたしはただの法医学者に過ぎないからね」

死神女史はデスクに座り、自分のパソコンを立ち上げた。

「例のセンターに中島保がいることは、ここにいる四人の他には警視庁の上層部が知るだけだ。非常に微妙な事情を含むから、情報が洩《も》れてるはずもない。と、思いたい。ただ、それとは別に、センターで研究されている事柄が外部に洩れている可能性が出て来た。洩れているというよりは、技術や人材が搾取されている可能性がね」

データファイルにアクセスすると名簿が浮かんだ。ドイツ語か、フランス語なのか、とにかく比奈子には読めない言語で書かれている。

「影人間のことは管理官に報告したよ。死亡して献体になっているはずの人物が、今も元気で活動してるって話をね」

田中管理官は比奈子に頷《うなず》いた。

「あんた、影人間の似顔絵を覚えて来たろう？　それで訊きたいんだけど」

女史はマウスを動かして、モニターに数名の顔写真を呼び出した。男もいれば女もいる。日本人も、外国人の顔もある。全員が白衣を纏《まと》っているのを見ると、研究者の名簿のようだ。居並ぶ顔に目を配り、比奈子は「あっ」と、声を上げた。

「この人、この人は影人間です」

田中管理官の脇からデスクに寄って中の一人を指すと、

「そういうことだよ。やっぱりね」

女史は管理官と顔を見合わせ、頷いた。

「そういうことって、いったいどういうことなんですよ？」

田中管理官は両足を開いて立つと、背中で手を組み、ガンさんを見た。

「不審人物二名が脳科学者としてセンターに入り込んでいるようだと、石上先生から連絡をもらった時、私には思い当たることがあったのですよ。厚田警部補ら猟奇犯罪捜査班はすでに気付いているようですが、警視庁公安部もまた、バイオテクノロジーを利用して国家転覆を目論《もくろ》むようなテロリスト集団が暗躍しているという情報を得て、内偵捜査を始めていました」

「スヴェートってぇ奴らのことですかい？」

管理官は頷いた。

「ロシア語で光を意味するが、ロシア人だというわけではない。石上先生が入手したマイクロSDを解析した結果、スヴェートの前身は科学者の集団で、テロ組織の庇護《ひご》を受けて次第に独立した組織に変貌《へんぼう》したとわかってきました。逆に言うと、わかっていることはまだそれくらいです。刑事部がその存在に気付いたのはごく最近で、ベジランテボード総合病院襲撃事件が初めてでした。でも、公安は……あの時、現場に公安がいたのを覚えていますね？　本ボシと目された鹿島理事長がタヒチで殺され、事件はうやむやのまま幕引きとなった。公安はタヒチで死んだ鹿島理事長を泳がせていた。その情報が組織に洩れて、暗殺されたと考えています。警察組織にスパイが紛れ込んでいる可能性もあったので、我らも箝口令《かんこうれい》を敷きました」

死神女史はマウスを動かし、人物の写真を拡大した。

「この人物は国際指名手配中の脳科学者だ。産婦人科病院の地下で人体実験を繰り返していた我孫子同様に、中国で受刑者を人体実験に使っていた。生きた人間の頭蓋骨を開き、脳みそに電流を流してね」

「名前はアシル・クロード。フランス人です」

管理官が言う。女史は比奈子とガンさんを振り向いた。

「他の影人間も同様だと思うんだよね。科学者ってのは論文を書くのが一つの仕事で、予算を引っ張ってくるために学会に出たり、シンポジウムを開いたり、研究成果を発表する癖《へき》があるから、けっこう足跡を残すんだ。だから名簿を丹念に調べていけば、本人に行き着くはずだと思ってね。ただ、あたしは記憶力に自信がないから、あんたに確認したかったんだよ」

「スヴェートに関して日本の警察はノーマークでした。ここ一連の事件が起こるまではね。でも、中東のテロ組織が壊滅し、スヴェートは資金の調達が急務となったようなのです。バイオテロを起こす為には莫大《ばくだい》な研究費が必要で、早急に、持てる技術を金に換える必要が出た。たとえ未完成な技術であっても、それを売り込み、パトロンを募る必要がね」

「軍事目的に、ですか？」

「それが一番金になる。戦闘機を買うつもりなら安いものだし、技術はずっと使えるしね。静かに、人知れず、人類を滅亡させることすら容易《たやす》いんだから」

「影人間ってなぁ、なんなんだ？　俺にはサッパリわからねえ」

そこで比奈子はガンさんに、影人間について一連の説明を請け負った。ようやく互いに直接電話をするようになったというのに、この元夫婦らは、遺体の話しかしていないようなのだ。

「影人間は五人いる。一人がアシル・クロードだとして、他に四名。一人は白人の女で、脳科学研究室のスタッフだったアメリカ人と入れ替わっている。一人は東洋人で、毒物学者の串田という研究者と入れ替わっている。一人は男性スタッフと入れ替わり、おそらくそいつが外部とのつなぎ役だ。最後の一人は顔しかわからない。男性で、あの子が見つけたのもほんの一瞬。似顔絵は不鮮明で判別できない。サヴァンの彼は、見たものを見たようにしか描けないからね」

死神女史は立ち上がり、デスクの脇に積み上げてある山のような書類を崩した。何枚かの紙を取り出して、狭い応接テーブルに載せる。応接用といえば聞こえはいいが、その実はキャンプ用の折りたたみテーブルだ。

「なんですか、この書類は？」

と、ガンさんが訊く。俯《うつむ》いた女史の銀縁メガネがパソコンモニターを反射している。

「見て内容が理解できるとも思えないけど、これは木更津で見つかった骨のＤＮＡ鑑定結果なんだよね。ここ、千葉大、ほか協力大学で手分けして調べたデータなんだけど、奇妙なことに……ねえ……」

その『ねえ』が、自分に向けられていることに比奈子は気付いた。心臓がドキンと鳴って、手指の先が冷たくなった。死神女史は顔を上げ、メガネ越しに比奈子を見る。

「複数の骨から同一のDNAが出たんだよ」

足下が崩れ落ちて行く感覚。

「ひくっ」と、比奈子はしゃくりあげた。自分でもよくわからない。体が勝手に起こした反応だった。——ならクローンでしょ——頭の中で声がする。御子柴だ。あいつめ、へらりとそんなことを言うなんて。

「同一のDNAって、なんですよ？　バラバラ遺体だったってぇことですかい？」

バカだねえと言うように、死神女史は頭を振った。

「児玉永久って少年のDNAだ。鑑定結果だけを見るのなら、あの牧場には、複数の児玉永久が埋められていたことになる」

「クロー……ン」

言った瞬間、比奈子は腰を折って、手近にあったゴミ箱に吐いた。胃が空っぽだったので醜態を晒《さら》さずに済んだが、吐く物がないのも苦しいことだ。

「すみません」

ゴミ箱を遠ざけてハンカチで口を押さえたとき、意思とは無関係に涙がこぼれた。それを拭《ふ》くこともせず、比奈子は言った。確信に近い仮説が浮かんでいた。

「永久君は、クローン実験で生まれたのかもしれません。スヴェートのクローン実験。

父親がオリジナルで、お母さんは温床として母胎を使われた。もしかすると、木更津で見つかった女性の遺骨は……」

「あたしもそれを考えていたところだよ」

死神女史はそう言った。

「嬰児《えいじ》の骨が女性の遺骨と一緒にあった理由がそれでわかる。何人の女性を代理母にしたか知らないけどね、正常に育たない場合は母親ごと殺した。そもそもクローンなんて、そう簡単に成功するはずがない。十年以上前の技術だ。余計にね」

でも永久は育った。無事に生まれ、母親に恐れられて虐待を受けた。永久は……

比奈子は激しい怒りに震えて、また吐いた。嘔吐《おうと》は田中管理官にも伝染し、管理官は口を押さえて部屋を飛び出して行った。

「ほんとうに、すみません」

ガンさんは何も言わない。考えをまとめようと、しきりに髪をかき回している。ポケットからガムを出して咥《くわ》え、やがて言った。

「青山眞理子が参加してたってカルトセミナーか……そこで若い女性を募って薬を飲ませ、受精卵を植え付けたんだな」

「受精卵じゃなくて胚性《はいせい》幹細胞ね」

と、女史が言う。

「クローンはオリジナルより短命だと言われてる。育つことがそもそも奇跡に近いと思っていたけど、遺骨を見る限り、なかなかの成功率を誇っている。あの子の他にも成功例があるのか、わからないけどね」

「成功例なんて言わないで下さい、永久君のことを」

比奈子は女史に反論した。ポロリと涙がまたこぼれた。

そんなことがあるのだろうか、本当に。そして、そう思うそばから、犯人が暗闇で魔法円を描いた事実にゾッとした。野比先生の言う通り、犯人には魔法円を描く必要があったのだ。自分の優位を証明するため、特殊能力を顕示するために。

「暗闇で見える目は、たしかに軍事目的に使えるよ。そもそもタペタムの異常がなぜ起きたのか解明されていないけど、同じ特徴を持つクローンを創るなら、そっちのほうが手っ取り早いのは確かだし。あたしが心配するのはね、あの子が生きて生まれたことを、組織が知ったらどうなるかってことなんだよ」

「どうなるかって……？」

「センターでたった一人の子供だよ？　しかも、かなり自由に内部を動き回ってる。もし、あの子が影人間に接触してしまい、奴らがあの子の素性に気がついたなら」

「すぐ、センターへ行かなくちゃ」

比奈子はそう言ってガンさんを見た。

「永久君にコンタクトレンズを……それから、あの子に話さなきゃ」

「何をだい？　あんたはクローンだった可能性があるって？」

死神女史は意地悪だ。ますます混乱して、比奈子は震えた。

「目だけじゃなく、殺人願望までオリジナルから引き次いだと、あの子に思わせちゃいけないよ。遺伝子的に合致するというだけで、あの子はあの子だ。その点は、あたしもあんたに同意する。ただ、あそこも安全じゃないって事実に、さらなる脅威が加わったことは、中島先生に伝えておかないと。だからやっぱりセンターへ行くよ」

「行ってどうするんですかい？」

ガンさんが訊《き》くと、ここからは管理官の勧めだけどね、と、女史は答えた。

「先《ま》ずは、一人で活動している毒物学者をセンターから出す。脳科学者は二名いるから、一人いなくなれば異変に気付いてしまうだろうし、スタッフ含め、もう少し泳がせておきたいと『上』が言ってるようだから」

間もなく田中管理官が戻ってきたので、比奈子は慌ててゴミ箱の中身を捨てに出た。うがいして気を取り直し、ゴミ箱をきれいに洗って部屋に戻ると、毒物学者を外に出すためのシナリオは、ほぼ出来上がっていた。

「幸いにも毒物学者の串田先生は、通いの研究者だったというよ。研究熱心で、ほとんどの時間をセンターで過ごしていたようだけど、フィールドワークに出ることもあったって。なりすまし野郎が彼の情報をどれだけ把握しているのかわからないけど、あたしと串田先生とは一面識もないから、突然仕事を依頼しても怪しまれることはない。今回は、不明の毒物を鑑定してもらう名目でアクセスする」

死神女史はガンさんに向けて、

「助手としてお嬢ちゃんを借りるからね」と、言った。

「私と警部補は病院の駐車場で待機しましょう。内部が覗《のぞ》かれている可能性も考えて、怪しい新参者がセンターへ入っていくのは望ましくない。警戒されてしまいますからね。影人間と思《おぼ》しき人物が外へ出たら、我々で話を聞くことにする」

そこで管理官は眉《まゆ》をひそめた。

「こういうことが起きるから、データだけに頼るのは危険なんだよ。死亡証明書を紙で残すとか、もっとアナログを見直すべきだ。警視庁もね。そう思います」

直後に比奈子は、死神女史を助手席に、ガンさんと管理官を後部座席に乗せて東大を出た。センターへ行くときはいつも、手前にある病院の駐車場に車を停めるが、防犯カメラの映像がどの程度組織に流れているかもわからず、炎天下の車内にガンさんたちを残すこともできないので、少し手前で二人を降ろし、そこから徒歩で病院駐車場へ入ってもらうことにした。犯罪抑止や解決に多大な力を発揮する防犯カメラだが、立場が変わればなかなかに手強《てごわ》い。

車の中で、田中管理官はさらに言う。

「先ほども少し話しましたが、マイクロSDに残されていた研究項目について検索してみたところ、奴らの犯罪だったであろうと思われる未解決事件が、幾つか見つかりました。現在、過去の未解決事件をひとつずつ照らす地道な作業を進めています」

マイクロSDは人体実験をしていた我孫子が女史に残したものだ。その情報を盾にして、センター内で自分を守って欲しいと願い、結局は、センターに収監されることもなくランニングマンに殺害された。

「俺たちが知らなかったってぇだけで、奴らは三十年も前から暗躍してたってことですかい？」

「その可能性はあると思うね」

「くそったれめ」

と、ガンさんは言った。

「サイバーだか身代わりだか知らねえが、人の命をなんだと思ってやがるんだ。そもそも生身の人間をどうこうしようなんて、まともな頭の使い方じゃねえ」

「そんなふうに思っている限り、こうした犯罪に立ち向かうことはできないよ」

助手席で女史が言う。走りすぎる風景と、彼方《かなた》に湧き上がる入道雲を眺めている。

「立場が変われば見方も変わる。価値観も、嫌悪感も、倫理観もね」

「え。先生、いったい何が言いたいんで？」

死神女史は少しだけガンさんを振り向いた。

「解剖実習を続けていくとね、気の弱い生徒ほど大胆になっていくんだよ。献体は、それを医学に役立てて、後続の者を救って欲しいと願う人たちの体だ。でも、人間の体を開くことの罪悪感と背徳に耐えかねて、一部の生徒は自分を強く見せようとする。いっぱいいっぱいなんだよね。結果として、ご遺体そのものや、解剖という行為が、自分には取るに足らないことだと顕示したくなる。ご遺体の扱いに暴力が混じる。もちろん、そんな人間が医者になるのは許されない。傲慢《ごうまん》や残虐性の裏にあるのは弱さだよ。自分を覆う鎧《よろい》を間違ったもので造るのさ」

「人間の、なんてったかな、細胞や胚《はい》をいじるのも、そういう行為だって言うんですかい？　被害者の遺体を飾ったり、心臓を刳《く》り抜いたりしやがることも」

「近いのじゃないかとあたしは思う。本当は、命をどうこうしようなんてのは、神様にだけ許された行為なのかもしれない。でも、現代科学はそれを軽々と超えようとしてる。どこまでが正義で、どこからが悪意か、そもそもそんな線引きはないのか。あたしたちは、常に葛藤《かっとう》しなけりゃならない。まあ、あたしは神様も嫌いだけどね、少なくとも神様は、命を奪うが生みもする。奪うばかりのすっとこどっこいは、警部補が言うようにクソッタレのゲス野郎だけど、奴らは自分を神と思い込みたくてそれをする。いっそ仏になればいい」

「そういうのは神じゃなくて、悪魔っていうんだと思います」

ハンドルを切りながら比奈子は言った。そしてその通りだと、自分で自分に同意した。悪魔は悪魔を呼び寄せて、罪を孕《はら》んで悪魔を生むのだ。

野比先生は悪魔に呑《の》まれて脳の研究に手を染めた。そして快楽殺人者たちを自死させた。その行為がまた悪魔を呼び寄せて、ベジランテボード総合病院襲撃事件を生んだのだ。

「どうしたらいいんでしょう？」

比奈子は訊いた。誰にということではないが、訊かずにいられなかったのだ。

「どうしたら連鎖を止められますか？」

高速の出口が見えて来る。保と永久がいるセンターは近い。

「先ずはできることをやりましょう。落ち着いて、いつも通りに。そして奴らの尻尾《しっぽ》を摑《つか》むのです。事情を把握することが先だ。その後は、さらに慎重に計画を練ることになるでしょう」

背後で田中管理官が言った。この人は何者なのだろうと比奈子は思う。

「石上先生から相談を受けたとき、私は、管轄区を超えた猟奇犯罪捜査班など机上の空論に過ぎないと思った。けれど、あの時も石上先生は同じことを言ったんです。どれほど巨大に思えても、どれほど荒唐無稽《むけい》に感じても、人間が犯す罪を人間に阻止できないはずはないと。相手は決して怪物じゃない。自分と同じ人間だと知ることこそが、こうした犯罪に立ち向かうコツなのだと」

「来る日も来る日もご遺体に向き合っていたら、誰でもそう思うんだよね。どんな凶悪犯も、血と肉と骨と内臓でできている。サイボーグや宇宙人の遺体をあたしは解剖したことがない」

「先生らしい屁理屈《へりくつ》だがな、あながち間違っちゃいねえところがスバラシイ」

「うるさいよハゲ」

「そうですね」

一般道へハンドルを切って、比奈子は答えた。ガンさんをハゲだと思ったわけじゃない。田中管理官と女史の言葉はその通りだと思ったのだ。

「影人間を連れ出しましょう。そして話を訊《き》きましょう。日本橋の三人、八王子の二人が殺害されたのはなぜなのか。木更津の遺骨の身元についても」


センター手前でガンさんと管理官を降ろし、病院の駐車場へ入っていく。毒物学者を連れ出すつもりで、最もセンターに近い位置に車を駐《と》めた。

そして比奈子は、ふっと思った。

「石上先生。図書室の鍵《かぎ》師に会ってから行きませんか？」

「なんだい急に」

「人体実験を繰り返していた我孫子に辿《たど》り着けたのは、鍵師が論文を覚えていたからです。彼は図書室の管理をしながら、膨大な書籍を読み漁《あさ》っていると野比先生に聞きました。どんな本がどこにあるか、検索エンジンを使うより、鍵師に聞いたほうが早いって。もしかしたら、スヴェートのことも知っているんじゃないでしょうか。田中管理官が言うには、もとは科学者の集団だったんですよね？　だとしたら、彼らがかって発表した研究論文か、思想論の書籍を知っているかもしれません」

「たしかにね……」

そういうわけで、センターに入ると、比奈子と女史は先ず図書室へ向かった。

センターの中庭から半地下になった回廊を行くと、そのどん詰まりに重々しい扉があって、中が図書室になっている。入ってすぐは検索機器を使って資料を閲覧する場所で、その奥が一段高くなってテーブルと椅子があり、三メートルほどもある書架と、さらに高い書架が壁状に聳《そび》え立つ。書架はボタンひとつで上下に移動し、自在に本を取り出せる。

この図書室を管理する男には名前がなくて、ただ『鍵師』と呼ばれている。金庫破りだったのでそう呼ばれているのだが、自ら利き手の指二本を切り落とし、犯罪から足を洗ってここにいる。詰め襟ふうのワイシャツで犯罪者の証《あかし》であるマイクロチップを隠し、オリーブ色のエプロンを掛けている。可動式の書架には長い梯子《はしご》がかかっていて、鍵師を探すときはその上を見るのが早い。書架の隙間を探しながら行くと、今日は窓に近い場所で梯子に腰掛け、表紙に金箔《きんぱく》圧しがある外国の本を読んでいた。

「こんにちは」

囁《ささや》くような声で比奈子が呼ぶと、鍵師はページをめくる手を止めて、梯子の上から見下ろしてきた。ボサボサの長い髪、鷲鼻《わしばな》で肌は浅黒く、白髪交じりの髭《ひげ》を蓄えて、ロイドメガネを掛けている。今日も魔法使いにそっくりだ。

比奈子の隣には白衣を纏《まと》った女史がいる。値踏みするように見下ろしてから、鍵師は持っていた本を書架に戻して、長い梯子を下りてきた。

「何を探すね？」

フイゴのような声で訊く。比奈子はもう、気が付いていた。指を切り落としたのは裏社会へのアピールだ。二度とダイヤルを回せない。緻密《ちみつ》な作業も、もうできない。そう思わせているけれど、彼の本当の能力は、指ではなくて聴力にあるのだ。だから風の様な声で語り、極力無駄な音を聞かなくてすむ図書室にいる。そうして必ずこう訊くのだ。何を探すねと、あらゆる意味を含んだ言葉で。

「光のマークの秘密結社を」

ほぼ声に出さずに比奈子は言ったが、鍵師にはきちんと聞こえたようで、

「本はない。本にして残すバカはいない」

と、静かに答えた。

「彼らの起源を」

比奈子はまた言ってみた。

「聖書を読め」

と、鍵師は答えた。

「エゼキエル書を。もしくはヨハネの黙示録を」

言われたことの意味がわからず、比奈子は女史を振り返った。理系畑で育った女史もまた、眉根《まゆね》を寄せただけだった。ふっと鍵師が鼻を鳴らす。ほんの微《かす》かにだが、笑ったのではないかと比奈子は思った。

「どちらにも、終わりの預言が描かれている」

だから？　と、比奈子は訊きたかったが、それをするのは得策ではないと悟った。自分で調べられるものを他人に訊くな。鍵師はそう答えるはずだ。

「読んでみるわ。ありがとう」

比奈子は鍵師にお辞儀をした。想いを込めて、深く、深く。

「終わりの預言を成就させる。それがスヴェートの目的だ。新しい世界を創るのが」

背中を向けながら鍵師は囁き、そして梯子を登っていった。

鍵師はスヴェートを知っている。確かにその名を口にした。気をつけろ。そう聞こえたのは気のせいだろうか。鍵師は元の位置まで戻り、三本の指を器用に使って、読んでいた本を引き出した。遠くでチーンとベルが鳴る。犬を呼ぶようにベルを鳴らす誰かの許《もと》へ鍵師が行くのを見ることなく、比奈子と女史は図書室を出た。

保の部屋へは寄らなかった。彼を巻き込みたくはなかったし、彼と特別親しいと思われるのも怖かった。だから比奈子は女史にくっついて、真っ直ぐに毒物学者の研究室を目指した。保や金子の棟とはまた別の、入口にバイオハザードマークが刻印されている研究棟だ。

「さて。と……」

相手がスヴェートと知ればさすがに緊張するらしく、珍しくも女史は棟の手前で深呼吸した。それで比奈子も、正体がばれたと気取られたら最後、相手が豹変《ひょうへん》して襲って来る可能性があるのだと思い知った。逮捕術は訓練しているが、実戦経験は多くない。どんな極悪犯も血と肉と骨と内臓でできていると言った死神女史の言葉だけが、今は拠《よ》り所のように思えた。

「念の為に言っておくけど、部屋に入っても、何にも触れないほうがいい。ドア、テーブル、相手が差し出す総《すべ》てのものに」

「わかりました」

「皮膚から入る毒もあるからね。まあ、善良な法医学者とその助手に手を出してくるとも思えないけど」

「行きましょう」

女史の背中に囁きかけて、比奈子と女史は建物に入った。

入口の先は薄暗かった。フロアはだだっ広いだけで何もなく、突き当たりのドアから入る明かりが光沢のある廊下を線のように照らしている。一階は設備室のようで、ゴポゴポと水が循環する音がした。病院のものとも違う薬品臭が鼻をかすめて、その奥に、時折あの臭いを感じた。死体の臭いを脳が記憶してしまって、こういう時に感じるのかもしれないが、死神女史は平気な顔で階段を上って行く。

毒物学者のラボがあるのは二階だという。二階も陰気なフロアで、こちらは天井がすべて照明になっていた。光は弱く、目を刺激しない。廊下の両側に部屋が並ぶ造りだが、ドアには部屋番号が振ってあるだけで、どの部屋がなんの研究をしているのか明記されていない。ドアの間隔が広いので、一室がかなりの広さを持つようだ。装置や機材が廊下にはみ出していないのも、どの部屋でなんの研究がされているのか、わからないための配慮だろう。

「P2837」

死神女史は毒物学者の部屋番号を呟《つぶや》いた。

「この階で間違いないと思うんだけど」

奥のドアがカチャリと開いて、中から人が出て来たが、部屋の場所を訊《たず》ねる雰囲気ではなかった。女史も比奈子も見えていないというふうだ。白衣が風を孕《はら》んでいて、すれ違うとき比奈子は思った。死体の臭いだ。やっぱりここには死体があると。

「ここだね。よかった。見つけたよ」

目当ての番号があるドアの前で、死神女史は比奈子を見下ろす。

互いに言葉を交わさなくとも、『行くよ』と、女史が言うのがわかった。ノックして返答を待つ。大して間を置くこともなく、中から「はい」と、声がした。

「串田先生、東大法医学部の石上ですが」

ドアに向かって女史が言うと、やや間を置いてガチャリと開いた。出て来た男の顔を見て、影人間だと比奈子は思った。扁平《へんぺい》で四角い顔、胡坐《あぐら》をかいた低い鼻、腫《は》れぼったい目と分厚い唇という特徴を、金子は見事にとらえていた。

「どうぞ入って下さい。そちらの方は？」

「助手です。色々教えている最中でして」

比奈子は黙って頭を下げた。毒物学者はドアを開け、二人を通してドアを閉めた。

「東京大学の先生が、ぼくのところへ来てくれるとは光栄だなあ。お役に立てるといいのですがね。それで？　どんなご相談でしたか」

内部の様子を見たかったのだが、入ってすぐの場所が小さく仕切られ、研究室の様子は見えないようになっていた。仕切られた場所にはテーブルがひとつと椅子があり、毒物学者は立ったまま、二人に椅子を勧めようともしない。

死神女史に目配《めくば》せされて、比奈子は重い検体ボックスをテーブルに置いた。調査を依頼するときは、センターから貸し出される専用ボックスを使う決まりだ。ボックスに入れた物しか持ち込めず、ボックスを含め何かを持ち出すこともできない。管理官やガンさんと知恵を出し合い、ここには特殊な検体を入れてきた。

「これですか？」

毒物学者は献体ボックスを見下ろした。

「私が司法解剖した検体が入っています。この状態を引き起こしたのがなんなのか、先生なら予想がつくのではないかと思って伺いました。可能であれば私のラボで、全体を確認していただきたいのですが」

「P2837、RRQ、78223900V、串田」

と、音声キーを入力し、毒物学者はボックスを開いた。

そこには、我孫子の犠牲になった被害者の皮膚が入れられていた。皮膚組織が歪《いびつ》な形に盛り上がり、爬虫類《はちゅうるい》の鱗《うろこ》のようにされたものだ。我孫子は殺されてしまったので、何をどうしたらこんな状態になるのか、解明できていないのだった。

彼を外へ出す口実に持ち込んだ検体だったのだが、それを目にした毒物学者は一瞬で顔色を変えた。腫れぼったい瞼《まぶた》の下で、検体に釘付《くぎづ》けになった目の色が、恐怖を含んでいるのに比奈子は気付いた。彼はバタンと蓋《ふた》を閉じ、手のひらで口を覆った。

女史がチラリと視線を送る。何が起きたかわからない。それほど異常な反応だった。

「ああ……いえ……」

言い訳するように毒物学者は唸《うな》り、口に当てた手を白衣の尻《しり》になすりつけた。背中を向けて、また前を向き、明らかにそうとわかる作り笑いを浮かべた。

「え……と、あの……これ、ですね。これはどういう……」

喋《しゃべ》りながら天井に目をやる。どこかにある監視カメラを確認しているようだった。

次いで毒物学者は「ちっ」と鋭く舌打ちをした。

「勝浦《かつうら》大学で発生工学を専攻していた我孫子勝《まさる》という研究者が残したものです。皮膚組織に異常が見られますが、この現象が……串田先生？」

串田に化けた男は真っ青になっていた。滴るほどに汗をかき、しきりに首筋を拭《ぬぐ》っている。死神女史の言葉を聞いていたのか、いないのか、彼は検体ボックスを見下ろして、独り言を呟くような声で訊《き》いた。

「我孫子勝は死んだのか。死んだんだな？」

女史はジロリと比奈子を見た。助手だからね、あんたは何も言うなという顔だ。

「この研究者は死にました。研究所にいるところを襲われて、頸動脈《けいどうみゃく》を掻《か》き切られ、遺体は燃えて、跡形もなく」

女史は意地悪く語った。包み隠さず、臨場感たっぷりに。

串田は再び背中を向けて、上を見たり、下を見たりしていたが、やがて振り向いて、懇願して来た。

「助けてくれ。なんでも話す」

今度こそ、比奈子と女史は顔を見合わせた。相手はもはや必死の形相だ。白衣の裾《すそ》を片手で握り、片手で首を押さえている。

「我孫子勝を知っているんだね？」

死神女史が鋭く訊いた。鋭くはあるが、囁《ささや》くような声だった。

「ここでなら生き延びる可能性がまだあると、奴に教えたのは俺なんだ」

「俺？　俺って誰？　誰のことを言ってるんだい」

死神女史は責め立てた。我孫子もこんなふうだった。激しく怯《おび》えながら生き延びることを願っていた。そのためならば何でもすると、死神女史に懇願した。

「わかってるんだよ。あんたが手の内を隠すなら、あたしはあんたに協力しない」

すると相手は顔を歪《ゆが》めて、蒼白《そうはく》になりながらこう言った。何を恐れてか脂汗が噴き出して、凄《すさ》まじい形相だ。

「俺の名前は松平幸司《まつだいらこうじ》。ここに潜伏して一年になる。くそっ」

「落ち着いて。外へ出よう。あたしのラボへ、そこでゆっくり話を聞くから」

「ダメだ。もう遅い。ミシェルは用意周到だ。我孫子がダメなら、やり直しだ。すでに清掃作業に入っているかも……」

「清掃作業って？」

異常な汗が床に滴る。松平と名乗った男は後ろに下がり、パーテーションに当たってそれをずらした。首筋をしきりに掻いている。

「ちくしょう……上手《うま》いことを言いやがって……あんた、あんた、あんた、法医学者だと言ったよな？　警視庁の仕事を？」

「しているよ」

と、女史は答えた。松平は泣くような顔で笑った。

「我孫子を殺《や》ったのは『暗闇』だ。俺たちは、正しく世界を創りなおす『光』の組織のはずだった。だが、ミシェルが、計画推進のためには金が必要だと」

死神女史は片方の眉《まゆ》を吊《つ》り上げた。

「テクノロジーを売りこんだ？　テロ組織に」

「そうだ。ああ、ダメだ、畜生。たぶんもう時間がないんだ。馬鹿にしやがって。あんな思いで入れ墨を入れたのに……騙《だま》されたんだ。畜生。いいか、奴はエメに内緒で自分のコピーを創ろうとして、それがバレて組織を追われた。なのにまた帰って来た。十二年前に」

「ミシェルって誰？　なんのために自分のコピーを？」

「決まってるだろ」

と、彼は笑った。

「部品だよ。取り替えのきく部品を作ろうとしたんだよ。永遠に生きるために」

「クローンを作ろうとしたんだね？　女性を眠らせ、胚《はい》を植え付け」

「そうだ。でも失敗した。組織の技術を個人的なことに使ったと知ってエメが怒り狂うと、ミシェルが殺した。幹部も殺した。そして実権を握ったんだ。忠誠の証《あかし》に入れ墨を……拒否すれば殺され、尻尾《しっぽ》を摑《つか》まれても殺される……清掃作業だ……今の組織は闇だ、光じゃない」

「魔法円……」

思わず比奈子は呟《つぶや》いた。魔法円は高らかに勝利を宣言する方法だった。そして木更津に埋まっていたのは、眞理子のように利用され、証拠隠滅で殺害されたセミナーの参加者と、当時の幹部ということか。

「終わりだ。ミシェルは容赦しない。俺たちを掃除して、また新しい計画を……」

そこまで喋ったとき、彼はもんどり打ってテーブルにぶつかった。両腕を突っ張ってテーブルの端を摑んだとき、検体ボックスが床に落ち、彼はテーブルごと床に倒れた。

「ちょいと、あんた！」

大きな音がして、非常ベルが鳴る。そのけたたましさに、あたりはにわかに騒然となった。倒れた男は四肢を痙攣《けいれん》させている。見開いた目から眼球が飛び出し、口と鼻から泡を吹いた。

「触るんじゃないよ」

思わず駆け寄りそうになった比奈子を女史は引き止め、後ずさって、白衣の裾でドアノブを握った。引き開けて廊下に出ると、廊下の総《すべ》てのドアが開いていた。誰かが叫び、白衣の人々が駆け出してくる。

「だれか！　スタッフ！」

部屋の前で叫んでいる人がいる。全員が全員白い服を着ていて見分けがつかない。それでも比奈子は素早かった。毒物学者の部屋を飛び出して、叫ぶ人物の許《もと》へ走る。その部屋に飛び込んでみると、オロオロと床を見つめる研究者の足下で、二人の人物が息絶えていた。松平と同じに泡を吹き、眼球が半ば飛び出している。

「アシル・クロード……」

記憶に新しい影人間の名を比奈子は呼んだ。もう一人は助手に化けていた白人女性。彼女もまた影人間だ。と、いうことは、ここは脳科学者の部屋なのだ。

振り向いた先には巨大な水槽が置かれていた。水槽は円柱形で、水の内部に脳みそが浮かんでいた。限りなく細かい泡に覆われ、脈打つように動いている。円柱からは何本も管が出て、別の機械につながれていた。映像を映すモニターがあり、ホログラムを出現させるテーブルもある。テーブルは朧《おぼろ》な電磁波のカーテンを放出し、その中央にも脳みそらしき映像が浮かんでいた。映像は三次元で、脳はゆっくり回転している。

「首にマイクロチップが埋め込まれている。そこから毒を発射したんだよ。センターのやり方とそっくりだ。誰がこんな……」

床に屈《かが》んで倒れた二人を確認し、切羽詰まった声で女史が言う。

「この分じゃ、影人間全員がお陀仏《だぶつ》かもしれないよ。清掃作業って……ふざけてる」

鳴り響くベル。走って来るスタッフの足音。叫ぶ声、そして怒号。脳に酸素を送る機械の音、モーターの振動音……その中で、比奈子の耳は別の音を聞いた。

——……ナ……コ……ウ……ナ……——

犯人の名はミシェル。組織のテクノロジーを搾取して、自分のコピーを創ろうとした。エメを殺し、幹部を殺し、清掃作業を終えてどこかへ消えた。そしてまた戻って来たのだという。今の世界を終わらせて、正しい世界を創るために。

——……ナ……コ……トウ……ナ……——

気味の悪い装置。気味の悪い機械音。その音は、次第にハッキリ言葉になった。

——……トウドウ……ヒナ……コ……トウドウ……ヒナコ……——

「え？」

比奈子は水槽に浮かぶ脳みそを見た。泡の音がするだけだった。

——トウドウヒナコ……——

比奈子はホログラムの脳を見た。さっきまでは回転していた脳みそが、こちらをむいて静止している。映像が乱れ、スノーノイズが現れた。ホログラムの声がする。佐《さ》藤《とう》都《つ》夜《や》という殺人鬼の脳から感情の組成をプログラムして、軍事用の人工知能を作るプロジェクトを、スヴェートが計画していたことを思い出す。

——とうどう　ひなこ——

傍らのホログラムで、声は呪いのように繰り返される。その声が纏《まと》う殺気を比奈子は感じ、背中に冷たい汗が流れた。

エピローグ

松平幸司という人物を調べた結果、すでに死亡届が出されていた科学者だとわかった。彼は毒ガスの研究に精通していて、ある日ふと海外へ渡ったまま、消息不明になっていた。

その日、センターでは松平を含め、脳科学者二名とスタッフ一名が死亡した。死因は毒物によるショック死で、センターには施術記録がない犯罪者用のマイクロチップが、彼らの首で作動したためだということもわかった。

永久が見つけた影人間は五名。死亡したのは四名であったことから、上層部はセンターを出入りした人物の監視画像を解析したが、残り一名については、正体も消息もわからなかった。警視庁画像解析チームの調べによると、その一名は顔も体も様々に加工されていたといい、歩き方から身長まで、すべてを偽装する念の入れようだったという。センターのセキュリティシステムは徹底的に見直されることになり、完全デジタル化されたセンターの検閲に、アナログの記載が加えられることにもなった。

警視庁本部に立ち上がった『日本橋再開発区域に於《お》ける男性三名魔法円殺人事件』は、その内容が詳しく報道されることもなく、捜査は規模を縮小して継続することとなり、厚田班は八王子西署へ戻された。


恐怖と不安を胸に所轄へ戻った比奈子らは、突然頭の上が抜けてしまったような虚脱感に襲われていた。日々の業務は山のようにあり、今でも十二分に忙しいはずなのに、管轄署の捜査をしている間にも、黒雲のように襲って来る敵の姿に怯《おび》える感覚に襲われるのだ。

朝礼の時、比奈子らは署長から特別の訓示を受けた。それは本庁との合同捜査本部での功労を称《たた》えるものだったが、御子柴を除いて誰ひとり、嬉《うれ》しそうな顔をする者はいなかった。

デスクに戻ると厚田班の面々は、御子柴ではなく比奈子のお茶が飲みたいと言った。御子柴もまたそう言われて落ち込むこともなく、

「いいですねえ。やっぱり先輩の淹《い》れたお茶が最高なんですよ。ぼくも飲みたい。今朝はコーヒーで」

などという。全体の士気が下がっていることもあり、比奈子は給湯室に立ち、ヤカンに入れたお湯がよく沸騰して、カルキが抜けるのをゆっくり待った。もちろん御子柴にも手伝わせようと隣に呼んだが、

「まだですか？　そんなにお湯を沸かすなんて、ガスの無駄遣いじゃないですか」

と文句を言っている。

「いいのよ。教えてあげるから、よく見ておきなさい。風邪をひいたり熱を出したり、食欲がないときにはね、これが一番きくんだから」

お盆の上にカップを並べ、お茶でもコーヒーでもなく、御子柴に言いつけて砂糖を出させた。

「砂糖なんてどうするんですか？」

「小さじに山盛り一杯ずつカップに入れるのよ」

沸かし切ったお湯を上から注ぎ、丁寧にゆっくりかき混ぜる。

「げえっ、これ、なんですか？」

「砂糖湯よ。病気の時にお母さんがよく作ってくれたの。みんな元気がないから、これを飲んだらいいと思って」

「現代の飲み物とは思えませんね」

比奈子は御子柴の（実は東海林が残して行った東海林のマグカップなのだが）カップを取って、彼の鼻先に砂糖湯を出した。

「文句は飲んでから言ってちょうだい」

御子柴は疑り深そうな顔をして、渋々中身を口に含んだが、すぐさま目を丸くして、

「なんですか、これ？」

と、比奈子に訊《き》いた。

「すごく美味《おい》しい。ただのお湯と砂糖なのに、何でこんなに美味しいんですか？」

「愛よ、愛」

我ながらクサイ台詞《せりふ》だと思いつつ、みんなの分をテーブルに運ぶ。

「なんだあ？　こりゃ？」

ひとくち飲んで片岡が言う。比奈子が縫ってあげた上着の袖《そで》は、縫い目が若干歪《いびつ》なのだが、片岡は今日もそれを羽織っている。

「うまいじゃねえか。なんか、母ちゃんを思い出す味だよな」

「砂糖湯だね？　懐かしい。子供の頃によく飲んだよ」

「ぼくは初めてですが」

湯気で曇ったメガネを外し、倉島はゆっくりカップを傾ける。

「たしかに懐かしい味がしますね。へえ……砂糖湯という飲み物ですか」

応接で新聞を読んでいたガンさんも、渋い湯飲みで砂糖湯を飲む。

「覚えたか？　御子柴」

「え、何をですか？」

「砂糖湯の入れ方を、だよ。刑事ってのはな、人間力が必要なんだ」

ガンさんは新聞に目を落としたまま、

「バケモノみてえな奴らと対峙《たいじ》しようって時には、特に」

と、呟《つぶや》いた。

自分の分の砂糖湯を、比奈子もゆっくり味わっていると、珍しく真紀からメッセージがきた。何だろうと見てみると、

——緊急連絡：三木先輩がそちらへ行きました。結婚式の引き出物、感想を聞きたいみたいです——

と、書いてある。それで比奈子は思い出した。披露宴の最中に事件が起きて、そのまま捜査本部へ行ったので、引き出物はロッカーに預けたまま、中身を確認してすらいなかったのだ。

「大変です。倉島先輩、清水先輩、結婚式の引き出物って、何だったんですか？　私、

忙しくて開けてもいなくて。三木捜査官が感想を聞きに来るそうです」

倉島と清水は顔を見合わせた。

「もらったっけ？」

「いや……どうでしたか……そういえば、月岡君が届けてくれたんですよね？」

そう言って倉島がデスクの下を覗《のぞ》くと、萎《しお》れた花が刺さったまま、引き出物のバッグは足下にあった。

「忙しすぎて忘れていました。そういえば、三木は結婚したんでしたね」

「おはようございます！」

中身を確認する前に、三木が元気にやって来た。捜査本部は解散したし、新婚の自宅に帰る時間も定時になって、体中から幸せオーラを発散している。

「今回はお疲れ様でした。ところで」

比奈子と倉島と清水は、互いに視線を交わし合った。ガンさんも式に呼ばれていたはずなのに、新聞に顔を埋めて知らん顔をしている。

「私とワイフが半年以上をかけて用意した結婚式の引き出物なのですが……」

三木が皆まで言わないうちに、

「あれね。素晴らしかったよ。うん」

と、倉島が言った。

「そうそう。ほんとうにね、心がこもっているとはあのことだよね。さすがは三木と麗華さん」

清水も調子を合わせている。鼻の穴を最大限に膨らませた三木がこちらを見たので、比奈子も思わず、

「結婚式もそうだけど、私、感動して泣きそうだったわ」

と、三木に答えた。

「そうですか。そんなに喜んでいただけるとは。ワイフに伝えておきますが」

「そうそう。ホントに」

「さすがは三木だ。さすがだよ」

「あっ、仕事。仕事の時間」

それ以上何かを訊かれないように、三人は三木を追い立てた。

「奥さんによろしく伝えて欲しいなあ。ぼくたちがすごく喜んでいたって」

清水が三木の背中を押して、鑑識の方へ押しやった。その姿が廊下の角を曲がったとたん、清水は走って戻って来て、倉島のデスクの下に潜り込んだ。

「ヤバいぞ、何をもらったんだよ？」

それで比奈子と倉島も、デスクに潜って包みを開けた。

赤いハートが無数に飛び交うピンクの包み紙にかかったピンクのリボンを解《ほど》くと、中にはピンクの箱が入っていた。

「なんだ？　早く開けろ」

後ろから片岡が言う。いつの間にか、御子柴とガンさんも覗いている。倉島が蓋《ふた》を開けると、透明のプラスティックケースに二体のフィギュアが入っていた。銀河鉄道999のメーテルに扮《ふん》した三木と、ゴルゴ13の麗華のフィギュアだ。二人とも上着の裾《すそ》をなびかせて、こちらにどや顔を向けている。

「あーははははは」

と、御子柴が笑ったので、倉島が素早く口を押さえた。

「バカ。声が大きい」

清水が叱る。

「なんだかなあ」

と、ガンさんは頭を掻《か》いた。

半年かけて製作されたという二人のフィギュアは、バカバカしいほど清々《すがすが》しかった。デスクの下でそれを見て、幸せそうな三木の顔を思い出したら、比奈子は、七味入りの太鼓焼きが署長に当たったことも思い出してクスリと笑った。そしてそんな日常が、野比先生や永久君にないことが悲しくなった。

ケースに並ぶ三木と麗華。その突き抜けっぷりが微笑ましくも羨《うらや》ましい。

「仕事始めるぞ」

頭の上でガンさんが言い、倉島は引き出物をデスクのさらに奥へ仕舞った。

立ち上がると、他の課も仕事を開始している。街は動き、一日が始まる。

野比先生は変態法医昆虫学者に会えただろうか。永久君は鍵《かぎ》師に宝物の保管場所をもらえただろうか。署の窓から外を見て、行き交う車に比奈子は思う。

行ってらっしゃい。そして、必ずお帰りなさいと。

……To be continued.

【主な参考文献】

『警視庁科学捜査最前線』今井 良（新潮新書）
『警察手帳』古野まほろ（新潮新書）
『江戸・東京の事件現場を歩く 世界最大都市、３５０年間の重大な「出来事」と「歴史散歩」案内』黒田 涼（マイナビ出版）
『江戸の町は骨だらけ』鈴木理生（ちくま学芸文庫）
『警視庁捜査一課特殊班』毛利文彦（角川文庫）
国土交通省 業種区分、建設工事の内容、例示、区分の考え方
http://www.mlit.go.jp/common/001209751.pdf

本書は書き下ろしです。

この作品はフィクションです。実在の人物、団体、事件等とは一切関係ありません。

COPY《コピー》 猟奇《りょうき》犯罪《はんざい》捜査班《そうさはん》・藤堂《とうどう》比奈子《ひなこ》
内藤《ないとう》 了《りょう》

角川ホラー文庫 20796

平成30年2月25日 初版発行
令和6年4月5日 10版発行

発行者——山下直久
発　行——株式会社KADOKAWA
〒102-8177 東京都千代田区富士見2-13-3
電話 0570-002-301（ナビダイヤル）
印刷所——株式会社KADOKAWA
製本所——株式会社KADOKAWA
装幀者——田島照久

●お問い合わせ
https://www.kadokawa.co.jp/（「お問い合わせ」へお進みください）
※内容によっては、お答えできない場合があります。
※サポートは日本国内のみとさせていただきます。
※Japanese text only

ISBN978-4-04-106052-0 C0193

角川文庫発刊に際して

角川源義

第二次世界大戦の敗北は、軍事力の敗北であった以上に、私たちの若い文化力の敗退であった。私たちの文化が戦争に対して如何に無力であり、単なるあだ花に過ぎなかったかを、私たちは身を以て体験し痛感した。西洋近代文化の摂取にとって、明治以後八十年の歳月は決して短かすぎたとは言えない。にもかかわらず、近代文化の伝統を確立し、自由な批判と柔軟な良識に富む文化層として自らを形成することに私たちは失敗して来た。そしてこれは、各層への文化の普及滲透を任務とする出版人の責任でもあった。

一九四五年以来、私たちは再び振出しに戻り、第一歩から踏み出すことを余儀なくされた。これは大きな不幸ではあるが、反面、これまでの混沌・未熟・歪曲の中にあった我が国の文化に秩序と確たる基礎を齎らすためには絶好の機会でもある。角川書店は、このような祖国の文化的危機にあたり、微力をも顧みず再建の礎石たるべき抱負と決意とをもって出発したが、ここに創立以来の念願を果すべく角川文庫を発刊する。これまで刊行されたあらゆる全集叢書文庫類の長所と短所とを検討し、古今東西の不朽の典籍を、良心的編集のもとに、廉価に、そして書架にふさわしい美本として、多くのひとびとに提供しようとする。しかし私たちは徒らに百科全書的な知識のジレッタントを作ることを目的とせず、あくまで祖国の文化に秩序と再建への道を示し、この文庫を角川書店の栄ある事業として、今後永久に継続発展せしめ、学芸と教養との殿堂として大成せんことを期したい。多くの読書子の愛情ある忠言と支持とによって、この希望と抱負とを完遂せしめられんことを願う。

一九四九年五月三日

ONE

猟奇犯罪捜査班・藤堂比奈子

内藤 了

傷を負い行方不明の比奈子の運命は!?

比奈子の故郷・長野と東京都内で発見された複数の幼児の部分遺体は、神話等になぞらえて遺棄されていた。被虐待児童のカウンセリングを行う団体を探るなか深手を負った比奈子は、そのまま行方不明に。残された猟奇犯罪捜査班の面々は各地で起きた事件をつなぐ鍵を必死に捜す。そして比奈子への復讐心を燃やしている連続殺人鬼・都夜が自由の身となり向かった先は……。新しいタイプのヒロインが大活躍の警察小説、第6弾！